KB063506

천국게임

dot.14

홍지운

천국게임

아작

toc.

1

사람들은 더 이상 돈만 많은 부자들을 참아주지 않기로 결정했다. 이 결정에 대해서는 특이점을 넘어선 인공지능으로 인한 사회제도의 개편 덕분이다, 시민사회 성숙의 결과다 등 이래저래 다양한 분석이 있었다. 하지만 그중에서도 가장 많은 이들이 공감하고 동의한 이유는 그 부자라는 놈들이 골통만 텅 비었을 뿐 아니라 싸가지마저 없었기 때문이라는 것이었다.

세계를 통솔하는 인공지능 정부는 22세기 돌입과 함께 자본주의의 폐기를 선언했다. 어차피 시스템을 통해 자원을 효율적으로 생산하고 안정적으로 배분하는 상황에 구시대적이고 악취미적인 자본의 독점을 유지할 하등의 이유가 없다는 것이었다.

약간의 기다림만 견딜 수 있다면 원하는 것은 무엇이든 얻을 수 있게 된 세상에, 빈부격차라는 제도는 아무런 재능이나 역량도 없이 그저 운이 좋아서 남들보다 우위에 서 있는 자신의 위계를 너무나도 사랑하는 사람의 나약해 빠진 자존감을 만족시키는 것 외에는 별 쓸모가 없었다. 계급의 대물림을 위한 상속은 금지되었고, 소유할 수 있는 재산의 상한과 하한이 정해졌다.

물론 0.001퍼센트의 부자들은 거세게 반발했다. 부자들은 자신만만하게 인공지능이 그네들의 저항을 이길 수 없으리라 예상했다. 그 믿음의 근거는 21세기 말 무렵부터 0.001퍼센트의 부자들이 사회 전체의 부 중 60퍼센트를 독점하고 있던 비대칭적인 경제 국면에 있었다.

어리석은 생각이었다. 99.999퍼센트의 사람들은 영원토록 자본주의 시스템에 갇혀 자신들의 빈곤과 부자들의 변덕을 두려워하며 살아가느니 0.001퍼센트의 부자들을 두들겨 팬 뒤 그들의 부를 나눠 갖기로 했다. 그렇게 사람들은 더 이상 돈만 많은 부자들을 참아주지 않기로 결정했고, 생각보다 많은 것들이 바뀌었다.

✶

[제가 부자인 이유는 부모님을 잘 만나서였고요. 물려받은 유산을 낭비하지는 않았습니다. 돈은 먹을 때 정도만 쓰는 편입니다. 옷이나 가구도 다 새로 산 지 10년은 지났습니다.]

인공지능 정부로 인해 바뀐 것 중에는 이정서의 삶도 있었다.

이정서는 낡은 핸드폰의 스크린을 뚫어지게 쳐다보며 자신이 녹화된 영상에 별다른 문제는 없는지, 비호감으로 보일 요소는 없는지를 다시 한번 주의 깊게 살펴보았다. 이정서에게는 화면 안의 자신의 얼굴이 평범하기 짝이 없는 청년의 모습으로만 보였지만 시민심사위원들에게는 어떻게 여겨질지 알 수 없는 노릇이었다.

[그렇다고 부모님의 유산을 아예 안 쓰고 산 것

은 아니고요. 개인적으로 유기견 보호소 사업을 크게 하고 있어서, 그쪽에 예산이 모자랄 때 건물을 몇 개 처분한 적은 있습니다.]

99.999퍼센트의 사람들은 영원토록 자본주의 시스템에 갇혀 자신들의 빈곤과 부자들의 변덕을 두려워하며 살아가느니 0.001퍼센트의 부자들을 두들겨 팬 뒤 그들의 부를 나눠 갖는 선택지를 골랐다. 이정서는 0.001퍼센트의 부자들 중 하나였고, 99.999퍼센트의 사람들에게 두들겨 맞고 싶지 않았다.

세계를 통솔하는 인공지능 정부는 그들의 기조에 맞게 윤리와 인권을 감안한 선택지를 제시했다. 그것은 바로 0.001퍼센트의 부자들의 부를 몰수한 다음, 그들 중 위법을 저지르고 민중을 착취했으며 하는 짓이 재수 없는 놈들은 다 제법 살 만한 수준의 시설을 갖춘 외딴섬들—통칭 천국제도에다 잡아 가두자는 것이었다. 이름하여 '천국건설법'이었다.

당연히 0.001퍼센트의 부자들은 천국건설법 제정에 거세게 반대했지만 그들에겐 이 법을 막을 방법이 하나도 없었다. 인공지능 정부의 화폐개혁으로 기존의 재산은 아무런 의미가 없는 것이 되었고,

그들이 뒤를 봐주고 있던 정치인이나 연구원 그리고 군인들은 인공지능 정부에 그 권한을 넘겨준 지 오래였다. 그로부터 벗어나 도망치고 싶어도 세계를 통솔하는 인공지능 정부의 감시를 피할 방법은 없었다.

그렇게 강행된 천국건설법이었지만 인공지능 정부에도 한계는 있었다. 위법을 저지르고 민중을 착취한 이력에 대해서는 명확한 기준이 있었다. 하지만 '재수 없는' 놈들에 대해서는 인공지능이 아닌 인류 스스로만이 평가를 내릴 수 있었다.

결국 인공지능 정부는 0.001퍼센트의 부자들에게 자기 자신이 갇혀서 지내면 안 될 이유에 대한 영상을 찍어 시민들의 심사를 받도록 했다. 인류 스스로에 의한 자기 평가.

[현재 제가 운영하는 유기견 보호소는 총 다섯 군데가 있고요, 각 보호소마다 여섯 명가량의 직원이 근무하고 있습니다. 처음으로 보호소를 개설한 뒤 이제까지 제가 돌본 강아지만 총 1천4백 마리 정도입니다.]

이정서가 지금 찍어놓은 영상은 상위 0.001퍼센

트의 부를 보유한 사람으로서 천국건설법의 이주거부자 심사에 보내기 위해 촬영한 것이었다. 이 심사에 통과하기만 하면 재산을 인공지능 정부에 귀속시키는 것으로 처분이 완료되고 천국제도에 유폐되지 않을 수 있었다.

이정서는 인공지능 사업의 붐을 타 큰 부를 일궜던 부모님의 유산을 물려받은 것 외에는 부자다운 일을 한 적이 없었다. 위법을 저지르지 않았고 민중을 착취하지 않았으며 하는 일은 유기견 보호소에서 강아지들의 똥을 치워주고 밥을 주는 것밖에 없었다.

핸드폰에서 재생되는 동영상 속 이정서도 자신의 그런 점을 강조해서 스스로를 변론하고 있었다.

[물론 제가 천국건설법에 의해 사회에서 추방된다고 하더라도 이 강아지들이 오갈 데가 없어지는 것은 아닙니다. 향후 유기 동물 관리는 인공지능 정부에서 모두 맡기로 했으니까요. 하지만 저는 이 강아지들을 계속해서 돌보고 싶습니다.]

이렇게 강아지를 인질로, 아니 견질로 삼아 관심을 구걸해도 괜찮을까? 이정서는 어떻게든 문명사회에 남아 있고자 했다. 사람들은 더 이상 돈만 많은 부자들을 참아주지 않기로 결정했다. 하지만 이정서에게는 돈만이 아니라 강아지도 많이 있었다. 골통은 텅 비었지만 가슴에는 사랑을 품고 있었다. 그것만이 희망이었다.

2

[43호 천국도에 오신 100명의 거주자 여러분들, 환영합니다. 저는 여러분들의 삶을 천국으로 만들어드릴 인공지능 관리자 토끼입니다.]

이정서는 넓은 강당의 연단 위에서 토끼탈을 쓴 채 기계적으로 환영사를 읊고 있는 관리 안드로이드를 바라보았다. 그 뒤에는 강아지나 고양이 그리고 코끼리 등 다양한 동물의 탈을 쓴 안드로이드들이 줄지어 서 있었다.

연단 바깥에는 맵시 좋게 디자인된 운동복 차림의 사람들이 무질서하게 흐트러진 채 서 있었다. 모두 다 밥맛 떨어지는 인간이라는 이유로 이주 거부 심사에 떨어진 0.001퍼센트의 부자들이었다. 이정서는 진저리를 내며 시선을 돌렸다.

이정서가 제출한 서류는 2차 이주 거부심사조차 통과하지 못했다. 희망은 희망일 뿐이었다. 이정서가 공들여 찍은 영상은 시민심사위원들에게 딱히 감동을 주지 못했다. 오히려 세계를 통솔하는 인공지능 정부가 수립되기 전까지 굶고 지내는 사람이 많았는데 탈세나 하고 개만 챙기면서 살았던 것이냐고 격분을 샀다.

결국 그는 몇 주 뒤에 43호 천국도로 연행되었다. 그리고 다른 거주자 99명과 함께 천국도 생활을 위한 오리엔테이션을 듣고자 천국도에 설치된 강당에 모이게 된 것이다.

[천국제도의 주거 시설은 오성급 호텔에 견주어도 손색이 없도록 준비했습니다. 무언가 필요하신 것이 있다면 저와 다른 인공지능 관리자들을 통해 요청하시면 되며, 외부인과의 연락이나 물품 전달과 같이 천국건설법 조항이나 천국제도 운영방침에 어긋나는 경우가 아니라면 저희도 최대한 요청에 응하

고자 노력하겠습니다.]

아닌 게 아니라 정말 그랬다. 어딘지 모를 바다 위에 건설된 인공섬과 그 위에 세워진 건물들은 하나같이 화려했다. 업무를 보는 것이 인간이 아닌 안드로이드일 뿐, 모든 면에서 호화로운 리조트와 다를 바 없었다.

천국건설법은 개정부터 이주 거부심사에 떨어진 0.001퍼센트의 부자들을 감옥에 보내어 괴롭히는 것을 목표로 삼지 않았다. 그저 그들이 평화롭고 안전하게 살 수 있는 거주지를 마련해주고 그 밖으로 나가지 못하게만 막을 뿐이었다.

[이곳에 자리하신 100명의 거주자 여러분들은 향후 1년 동안 주 2회 천국게임을 진행하시게 됩니다. 천국게임에서 승리한 거주자는 43호 천국도를 떠나 사회귀환 시스템에 참가하게 됩니다. 단, 한 분의 귀환자가 나온 뒤에는 신규 거주자가 이주하기 전까지 약 1년가량 천국게임이 정지되니, 이 점을 감안해주시기를 부탁드립니다.]

강당에 모여 있는 100명의 거주자들의 안색이 어두워졌다. 부자들이 모여 빈자끼리 경쟁하는 모습을 지켜보면서 자신들의 지위를 재확인하며 즐기던 유희는 옛말이 되었다. 그들만의 축제는 이제 빈자들이 모여 부자끼리 경쟁하는 모습을 지켜보며 오래된 울분을 해소하는 예능으로 역전되었다. 콜로세움에 올라 이가 부러지고 피를 토하며 비명과 오열 속에서 싸울 사람은 빈자가 아닌 부자들인 것이다.

"말도 안 되는 소리 하지 마!"

"도대체 내가 왜 여기에 있어야 하는데?"

"천국게임은 또 뭐고, 우린 어쩌려는 거야?"

물론 이런 변화를 순순히 받아들일 사람은 많지 않았다. 금세 운동복을 입고 늘어선 거주자들 사이에서 성난 고함 소리와 욕설을 담은 질문들이 쏟아지기 시작했다. 하지만 관리 안드로이드들은 기계답게 기계적으로 대응할 뿐이었다.

[입도하시기 전에 배부된 안내서에 적힌 바와 같이, 천국제도의 정책상 관리 안드로이드들은 지정된 범위 외의 정보에 대해서는 알려드릴 수 없는 점에 대해 양해를 부탁드립니다.]

"양해 좋아하네!"

한 남자가 분을 이기지 못한 나머지, 신고 있던

신발을 벗어 던져 토끼탈을 쓴 관리 안드로이드의 머리를 맞추었다. 이정서는 조심스레 뒤로 물러났다. 이후에 어떤 일이 일어날지 뻔히 보였기 때문이었다.

다람쥐 탈을 쓴 관리 안드로이드 하나가 신발을 던진 남자에게 다가갔다. 남자는 관리 안드로이드에게 덤벼들며 주먹질을 했지만, 관리 안드로이드는 그런 남자를 잡고 가볍게 들어 올렸다. 다음으로는 3미터가량 높이의 위로 던졌다. 남자는 비명을 질렀고, 관리 안드로이드는 남자가 땅에 부딪히기 직전에 그를 다시 붙잡았다.

관리 안드로이드는 남자가 비명조차 지르지 못할 때까지 허공으로 던졌다가 받기를 반복했다. 남자는 자신이 안락하게 지내던 관성에서 벗어나는 비상과 추락의 연쇄에 그만 기겁하고 말았다.

안드로이드 하나만 있어도 인간 스무 명 정도는 간단히 제압할 수 있다. 중화기라도 들지 않는 한, 인간이 안드로이드를 이기기는 불가능에 가깝다. 여기에 모인 100명이 무슨 짓을 하더라도 저들의 통제를 벗어날 방법은 없었다.

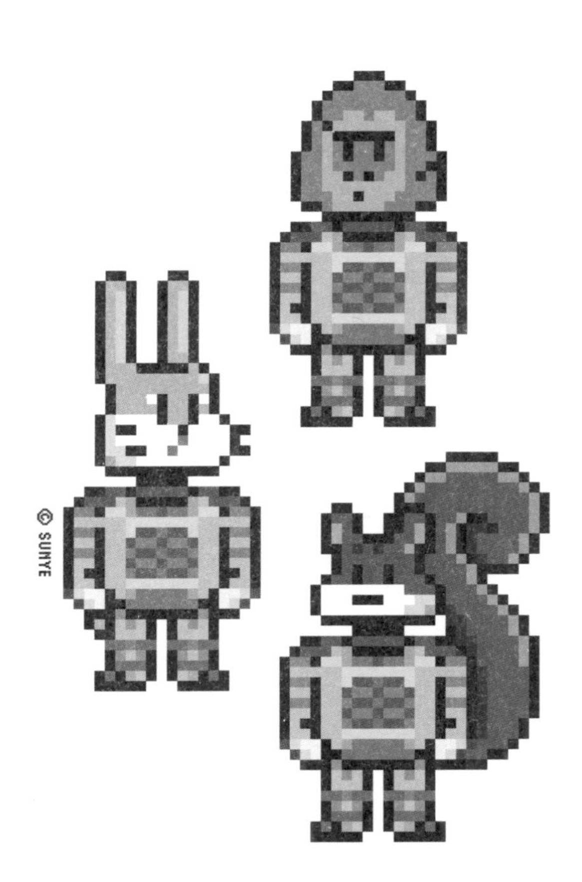
© SUNYE

[자, 그럼 지금부터는 100명의 거주자분들의 자기소개 시간을 갖도록 하겠습니다. 호명된 거주자는 단상 위에 올라와 짧게 자기소개를 해주시길 부탁드립니다.]

43호 천국도는 한반도에 거주하는 0.001퍼센트의 부자들 중에서 선정된 사람들이 모인 섬 중 하나였다. 거주자들은 가나다순으로 돌아가며 자신이 누구인지를 소개했다. 모두가 불만족스러운 표정이었지만, 그들 중 방금 같은 꼴을 보고서도 안드로이드에게 덤벼들 정도로 겁 없는 인물은 하나도 없었다.

이정서는 앞으로 자신과 함께 지낼 사람들이 누구인지를 천천히 살폈다. 미디어에 제법 자주 노출되었던 유명 인사도 몇몇 있었다. 어떤 이는 경제사범으로, 어떤 이는 인기 연예인으로, 어떤 이는 폭행범으로 기사화가 되었던 인물들이었다.

✶

곧 이정서의 차례가 왔다. 그는 연단으로 올라가 밝은 목소리로 다른 99명의 부자들에게 인사했다.

"안녕하세요. 제 이름은 이정서고요. 사회에서는 유기견 보호소 관리사업을 하고 있었습니다. 43호 천국도의 여러분, 잘 부탁드립니다."

하지만 사람들의 반응은 좋지 않았다. 아니, 좋기는커녕 오히려 표정을 찌푸리고서는 주변 사람들과 속삭이면서 그에게 손가락질을 하는 무리조차 있었다.

"저 사람, 개또라이 걔 아냐?"

"맞네. 맞아. 그 개또라이 본명이 이정서라고 그랬어."

"여기 물 안 좋네…."

사람들의 속닥거림은 연단 위에까지 들릴 정도였다. 하. 그때 그 한 번의 실수가 이렇게까지 내 인생의 발목을 붙잡는구나. 이정서는 그렇게 한탄하며 고개를 떨궜다.

3

[거주자 여러분들을 위해 식사를 준비했습니다. 우선은 저희 측에서 임의로 준비했습니다만, 주 1회씩, 일주일 동안 드시고픈 메뉴를 신청하실 기회가 주어질 것입니다.]

환영사가 끝난 뒤 거주자들은 식당으로 이동해 점심시간을 가졌다. 괜찮은 호텔 뷔페 수준의 식사가 준비되어 있었다. 괜한 곳까지 금박을 입히거나 희귀 생명체를 사냥해서 잡아먹던 0.001퍼센트의 부자들에게는 턱없이 부족한 퀄리티였지만, 앞으로 그들이 천국도에서 벗어나기 전까지는 매일같이 먹게 될 요리였다.

이정서는 조용히 밥만 먹었다. 어차피 속세에서도 별다른 식도락을 즐기지 않았으며 비건까지는 아니어도 도축육이 아닌 인공육을 즐기는 편이었기에 맛에는 별 불만이 없었다. 다만 곳곳에서 터져 나오는 울음소리가 신경에 거슬려서 편하게 식사를 할 기분이 아니었을 뿐.

거주자들은 속세에서 0.001퍼센트의 부자인 것만이 아니었다. 시민심사위원들이 이 인간들은 어디 외딴섬에다 갖다 버리자고 결정할 정도로 위법을 저지르고 민중을 착취했으며 하는 짓이 재수 없는 놈들이기까지 했다. 이들 대부분은 주변 사람들에게 항상 떠받들어지며 살아왔고 자기 손으로 라면 한 봉지를 끓여본 적도 없던 양반들이었다. 도통 이 식사가, 이 상황이 마음에 찰 리가 없었다.

"아저씨. 아저씨는 그때 왜 그랬어?"

"어… 안녕하세요."

하지만 이정서의 앞자리에 앉아 있던 중년 여성은 이런 곳에 왔어도 하나도 침울하지 않은 듯 밝게 말을 붙였다. 이정서는 상대에게서 사람을 자주 접하는 서비스업 종사자 특유의 위장된 화사함을 느꼈다.

"말해보라니까. 그 영상. 왜 찍었던 거야?"

"한때의 객기라… 별생각은 없었어요. 그냥 웃길 줄 알았거든요."

이정서가 0.001퍼센트의 부자인 것은 분명한 사실이었다. 하지만 천국제도에 모인 다른 0.001퍼센트의 부자들과 달리 그는 위법을 저지르지 않았고 민중을 착취한 적이 없었다. 그럼에도 그가 이곳에 오게 된 이유는 하는 짓이 재수 없었기 때문이었다. 아니, 재수 없는 짓을 한 적이 딱 한 번 있었기 때문이었다.

★

[네. 1++ 등급 소고기입니다. 물론 실 도축된 고기는 아니고요. 배양육 중에서도 최고급품을 골라왔죠. 자. 그럼 오늘은 이 고기를 50킬로그램 구워보겠습니다.]

화면 안의 이정서는 다른 직원들과 함께 야외에서 바비큐 파티를 열고 있었다. 그리고 그 바비큐 파티의 주빈은 이정서가 돌보는 유기견 보호소의 강아지들이었다.

치지지직. 배양육치고도 제법 비싼 1++ 등급 고기가 불판 위에서 녹을 듯이 익어갔다. 이정서가 스테이크를 하나씩 완성할 때마다 직원들은 분주하게 접시를 들고 강아지들에게 달려가 고기를 대접했다.

[가끔 제가 올린 영상을 보고 어떤 분들이 메일이나 쪽지를 통해 이런 요청을 하시고는 합니다. 사업하다 말아먹어서 돈이 없는데 꿔줄 수 있느냐, 아이 학비가 필요하다, 내 치료비를 내줄 수 있느냐… 죄송하지만 저는 평생 분의 인류애를 이미 다 쓴 사람입니다. 제가 돈이 넘치도록 많은 것도 맞고, 죽기 전까지 다 쓰지 못할 정도로 많은 것도 맞는데요, 근데 그 돈은 다 이 친구들을 위해 쓸 겁니다. 그러니 앞으로 그런 요청을 보내지 말아주십시오. 보내셔봤자 바로 차단할 테니까요.]

이정서는 카메라를 향해 두 손가락을 교차해 X자 모양을 만들었다. 다음으로는 분주하게 고기를 구워 강아지들에게 대접하는 장면과 이정서의 유기견 보호시설에 비치된 강아지들을 위한 놀이기구를 소개하는 장면이 이어졌다.

[또 제가 유기견 보호 사업을 하고 있다고 해서 저희 보호소 앞에 강아지들을 놓고 가시는 분들이 계신데요. 그런 분들은 저희가 끝까지 추적해서 그 기간까지의 위탁 비용과 벌금을 물게 하고 있으니까, 놓고 가실 때는 단단히 각오를 해주십시오.]

영상은 이렇게 이정서가 강아지를 유기하는 사람들에게 준엄하게 경고하는 사이, 소고기 냄새를 맡고 모인 강아지들이 이정서에게 덤벼들어 온몸을 핥아대는 장면으로 마무리되었다.

이 영상은 SNS에서 급격한 속도로 유포되었고, 이정서는 '인류애는 파산한 미친 개또라이 갑부'로 낙인이 찍혀 사회적으로 매장되기 일보 직전까지 갔었다. 그리고 천국건설법 제정이 그 모자란 일보를 채워준 덕분에, 그는 천국제도에 갖다버려질 재수 없는 인간 순위 리스트의 상위권을 즉각 차지해 사회적으로 매장되는 데도 성공했다.

*

"진짜 웃길 줄 알고 한 건데 다들 안 웃더라고요."

이정서는 머리를 긁적이며 스스로를 변명했다. 딱히 먹히라고 한 변명은 아니었고 당연히 먹히지도 않았다. 그의 앞에 앉아 있던 중년 여성도 딱 한 마디를 더하고 다른 사람에게 대화를 돌렸다.

"자기. 자기도 참 이 천국에 어울리는 사람이다."

4

[오늘의 천국게임은 '펀치펀치머신'입니다. 주 플레이어는 김성열 님이십니다. 룰은 다음과 같습니다. 주 플레이어는 저브 볼, 그러니까 여기에 보이시는 지름 2미터가 되는 투명한 플라스틱 공 안에 들어가 제한 시간 내에 경기장을 완주하는 것을 목표로 합니다. 타 플레이어는 특대형 고무 글러브를 낀 손으로 저브 볼을 쳐서 주 플레이어가 완주하는 것을 방해할 수 있습니다.]

0.001퍼센트의 부자들이 천국도로 이주한 지 일주일째. 드디어 관리 안드로이드 토끼가 거주자들을

천국도 어트랙션의 입구 앞에 모아놓고 오늘의 게임에 대해 설명했다.

주 플레이어로 선정된 김성열은 긴장 속에서 다른 관리 안드로이드의 안내를 따라 단상 위로 올라가 저브 볼 안에 들어갔다. 타 플레이어가 된 나머지 99명은 적개심 속에서 그를 바라보았다.

[이 게임에서 주 플레이어이신 김성열 님이 승리하시면, 몇몇 조건을 달성한 경우, 천국제도를 떠나 사회로 귀환하는 것이 허가됩니다. 단, 김성열 님이 귀환하게 될 경우, 추가 인원이 들어오기 전까지 사회귀환을 위한 천국게임이 정지되니 이 점을 감안해주시기를 부탁드립니다.]

사람들은 긴장 속에서 서로를 노려보았다. 천국게임의 룰 때문이었다. 천국게임은 100명 중 1명이 주 플레이어로 선정되어 나머지 99명의 타 플레이어들을 상대로 싸워야 한다. 주 플레이어가 승리하면 천국도를 떠나 사회귀환 시스템에 참가하게 되고, 나머지 99명은 이곳에 남게 된다. 주 플레이어가 패배하면 다음 천국게임에서 나머지 99명 중 한 명이 다시 주 플레이어로 선정되어 게임을 진행한다.

어떠한 동맹도 불가능한, 모두가 서로의 적이 될 수밖에 없는 룰이었다.

이정서는 주변에 의욕으로 불타는 거주자들을 바라보며 학창 시절의 운동회를 떠올렸다. 그때도 그는 집에 가고 싶다는 것 외에는 아무런 생각이 없었다. 다만 그때와 지금의 차이는, 그때는 빨리 지고 집으로 돌아가면 그만이었지만, 지금은 이기지 못하면 집으로 돌아가지 못한다는 것이다.

[이제 펀치펀치머신의 경기장으로 이동 후 제1회 천국게임을 시작하겠습니다. 거주자분들은 모두 지급된 특대형 고무 글러브를 착용해주십시오. 또한 특대형 고무 글러브 외의 물건이나 신체로 주 플레이어의 주행을 방해할 경우에는 패널티가 작용되어 다음 천국게임 참가의 자격을 상실하니, 부디 이 점 숙지해주시길 부탁드립니다.]

인형탈을 쓴 관리 안드로이드들의 안내를 따라 체육복을 입은 거주자들이 느슨하게 줄을 지어 어트랙션 안으로 들어갔다. 어트랙션 안은 오색으로 알록달록한 장애물들로 가득 차 있었다. 한 세기 전의 TV 예능에나 나올 법한 느낌이었다.

어떤 사람들은 울고 어떤 사람들은 기합 소리를 내며 본 게임에 들어갈 준비를 했다. 이정서는 그 어느 때보다도 더 인간들을 떠나 사랑스러운 강아지들 곁으로 돌아가고 싶었다.

*

천국도에 들어오기 전까지 김성열은 명망 높은 변호사였다. 인공지능 참관제도가 생기기 전까지, 김성열은 인맥을 총동원하여 법원에서의 판결을 자신의 뜻대로 좌우했다.

명망 높은 변호사가 되기 전까지 김성열은 악명 높은 검사였다. 본인은 검사 출신에 처가는 대대로 판사직을 이어온 사법 명문가였으니 기관 안팎의 그 어떤 사람도 그의 심기를 거스르지 못했다.

"잡아! 죽여!"

하지만 지금은 사정이 달랐다. 펑, 소리와 함께 커다란 충격이 전달되자 김성열은 저브 볼에 갇힌 채로 0.3초 정도 날았다가 뒤로 굴러버렸다. 아무리 고무 글러브로 플라스틱 공을 쳤을 뿐이라고 하더라도, 99명의 사람들이 살의와 체중 그리고 자기 인생의 최고속도를 담아 부딪히면 그 충격은 감당할 도리가 없다. 김성열은 무력감 속에서 데굴데굴 굴러다닐 뿐이었다.

22세기가 되며 급격하게 발전한 것은 인공지능만이 아니었다. 의학과 공학 역시 예전과는 차원이 다른 속도로 진화하였으며, 돈만 있으면 누구나 육체 최적화 시술을 받아 빼어난 신체 능력을 가질 수 있게 되었다. 그리고 천국도에 모인 사람들은 모두 돈만 있는 사람들이었고, 그들 전원은 육체 최적화 시술자였다.

김성열은 다시 자세를 잡고 일어나 저 멀리에 설치된 골을 바라보았다. 그는 아직 시작점에서 5미터도 전진하지 못했고, 타 플레이어들은 여전히 특대형 고무 글러브를 들어 올린 채 그를 겨냥하고 있었다.

"저 새끼 쫄았어. 됐어."

"몰아넣어!"

김성열의 머릿속에 잘나가는 검사로 지내던 시기가, 영광의 나날들이 떠올랐다. 그때만 하더라도 그는 제법 세련되게 살았다. 어깨에 힘도 주고 잘나간다는 사장들한테도 형님 소리 들어가며 지냈다. 한번은

마약으로 잡히기 직전의 재벌가 자제를 잘 좀 봐달라며 어디 회장과 독대한 적조차 있었으니까.

그랬던 그가 악명 높은 검사에서 명망 높은 변호사로 몰락하게 된 것은 그가 맡았던 한 사건 때문이었다.

한 아이가 있었다. 그 아이는 학교에서 괴롭힘을 당했다. 정신적으로나 물리적으로나. 아이는 고등학교 2학년이 되면서 말을 더듬기 시작했고 곳곳에 멍이 든 채 집에 돌아오고는 했다.

김성열이 보기에는 대단한 일이 아니었다. 학교폭력의 주동자로 지정된 학생처럼 집에 돈이 많으면 그렇게 장난을 칠 수도 있는 법이라고 생각했다. 이 생각은 김성열이 주동자로 지정된 학생의 집으로부터 돈을 많이 받은 날에 자연스레 떠올랐다.

김성열은 으레 그러했던 것처럼 사건을 적당히 뭉치고 뭉쳐서 정리를 해버렸다. 그래서 그 사건도 당연히 끝났으리라 생각했다. 주동자로 지목된 학생이 패거리를 이루어서 고소를 한 아이를 보복하기 위해 쫓아가다, 쫓기던 아이가 7층 건물에서 뛰어내리기 전까지는 말이다.

"죽여!"

99명의 함성에 겁이 난 김성열은 그만 골대와는 정반대를 향해 도망치기 시작했다. 거주자들은 이에 아랑곳하지 않고서 김성열을 향해 돌진해 특대형 고무 글러브로 그가 들어 있는 저브 볼을 두들겼다.

김성열은 거칠게 게임을 하면서도 다치지는 않았다. 사람들에게 부딪히고 뒤로 굴러가도 저브 볼이 충격을 대부분 흡수해줬으니까. 하지만 김성열은 속이 상했다. 사람들의 적의 자체가 두려웠다. 그래서 더더욱 과거의 기억이 간절하게 떠올랐다.

물론 김성열의 머릿속에 떠오른 잘나가는 검사로 지내던 시기의 모습은 아이의 폭로를 무마했다 낭패를 본 과거와는 아무런 상관이 없는 이미지들이었다. 떼로 줄지어서 자신에게 인사를 하던 후배들. 허리를 90도로 굽혀가며 술을 따르고 뒷돈을 약속하던 사장들. 의미심장한 메시지를 전달하는 회장들.

다시 한번 부딪혀 오는 99명의 무게를 견디지 못하고 뒤로 날아가면서도, 아니, 그렇기에 더더욱 당시의 달콤한 순간들을 잊을 수가 없었다.

5

첫 번째 천국게임은 주 플레이어 김성열의 패배로 마무리되었다. 김성열은 개조 수술을 받아 강력한 신체 능력을 갖고 있었지만, 이곳에 모인 모두가 개조 수술을 받았으니 근력 면에서는 별 차이가 없었다. 사실 모든 참가자 중 김성열만 개조 수술을 받았더라도 99명의 사람이 쇄도하는 것을 뚫고 골까지 달려가기는 쉽지 않았을 것이다.

거주자들은 게임을 마친 뒤 관리 안드로이드를 따라 숙소로 돌아왔다. 이정서는 인형탈을 쓴 안드로이드 뒤를 졸졸 따라다니는 자신들의 모습이 마치 유원지에 놀러 온 어린아이들 같다고 생각했다.

돌아온 뒤는 자유시간이었다. 책이나 영화 그리고 게임 등 취미 생활과 관련된 물품들은 신청하기만 하면 모두 다 제공되었다. 어떤 사람들은 무리를 지어 속세에서 자기가 얼마나 잘나갔는지 기 싸움을 하며 보냈고, 어떤 사람들은 스크린의 스크롤을 끝없이 내리며 무기력하게 보냈다.

그중에서 가장 큰 무리는 운동을 시작한 그룹이었다. 이들은 오늘의 천국게임을 보며, 이곳에서 나가기 위해—게임에서 승리하기 위해 운동신경과 근력을 키우는 것이 손해는 아닐 것이라 판단한 사람들이었다.

"자기. 자기는 저녁에 뭐 예정이 있어?"

"글쎄요. 방에서 잠이나 잘까 했는데요."

"됐고. 나 따라와."

이정서는 멍하니 로비를 걷는 그룹 중 하나였다. 거주자들은 천국도 내부라면 어디든 갈 수 있었지만, 이정서는 그조차도 귀찮았기 때문에 그저 건물 안을 어슬렁거고 있었다.

그런 그가 어지간히도 눈에 거슬렸는지, 황선영

이—첫 식사에서 이정서에게 말을 붙였던 사람이다—이정서에게 다가와 말을 붙였다. 황선영은 이정서가 뭐라고 하건 그를 끌고서 로비 바깥의 정원으로 향했다.

"왜 그러세요, 황 박사님."

"어허. 동생은 나만 믿어. 동생이 머리에 나사가 빠지기는 했어도 개도 돌보고 괜찮은 사람인 걸 아니까 도와주려고 그래. 내가 소개해드릴 분이 있어."

황선영은 이른바 쇼닥터로 활동하던 의학 박사였다. SNS에서 친분을 통해 건강기능상품 축퇴액을 유통해서 떼돈을 벌었다가, 사실은 그 상품이 물에 설탕을 좀 탔을 뿐이라는 사실이 세계를 통솔하는 인공지능 정부의 감사 과정에서 밝혀져서 언론의 집중포화를 받은 바 있었다.

하지만 당시 황선영은 법정에 서지 않았다. 오히려 '나 또한 회사에 속은 선량한 피해자 중 하나일 뿐이며, 언론에서 홍보했던 것과는 달리 자신은 상품개발에 일절 관여한 바가 없다'고 주장했다.

사실 그 부분이야말로 그가 지은 가장 큰 죄였지만, 어쨌든 많은 인맥이 황선영에게 별 탈이 없도록 그를 지켜주었기에 어느새 그 스캔들은 언론에서 자취를 감추었다. 어디까지나 천국건설법에 의해 상위 0.001퍼센트 부자 중 천국제도에 유폐될 후보군의 리스트가 공개되기 전까지였지만 말이다.

이정서 역시 황선영에 대해 어느 정도는 알고 있었기에 그와 가깝게 지내고 싶지 않았다. 그래도 이렇게 득달같이 덤벼드는데 당해낼 도리가 없었다.

무엇보다 이정서가 보기에 그나마 황선영 정도면 천국제도의 거주민 중에서, 이 위법을 저지르고 민중을 착취했으며 하는 짓이 재수 없는 놈들 중에서 그래도 어디 사장님회장님시장님의장님협회장님무슨님무슨님무시무시한님 하지 않고 무식무식하지 않게 대화할 수 있는 몇 안 되는 사람 중 하나가 아닐까, 일정 부분 자포자기한 마음도 있었다.

황선영은 정원 한가운데의 연못이 있는 곳으로 이정서를 데리고 갔다. 그곳에는 웬 노년의 남성이 서 있었고, 이 남성을 중심으로 대여섯의 사람이 무릎을 꿇고 앉아 있었다.

황선영이 넙죽 절을 하다시피 인사를 했지만 노년의 남성은 거들떠보지도 않았다. 그는 그저 가늘고 새된 목소리로 뭐라 길게 떠들면서 주변의 신도로 보이는 사람들에게 연설하기를 계속했다.

"…결국 인간의 본질이란 무엇인가? 삶의 본질이란 무엇인가? 그건 끝없이 반복되는 긴장과 이완의 순환이라는 것이야. 정체란 없어. 완성이란 없어. 음과 양이야. 0과 1의 나열이고. 그저 계속해서 반복되는 굴레인 거지.

그래서 내가 뭐라 그랬어? 인공지능은 이걸 이해를 못 해. 정답을 찾잖아. 문제를 입력하면 답을 출력한다고. 그런데 세상에 정답이 어딨어? 계속해서 답을 찾고 찾은 답이 바뀌는 과정이 중요한 건데.

그런데 쟤들은, 인공지능 정부는 여기가 천국이래지. 하지만 말이야. 내가 봤을 때는 말이야. 희희희. 이거는 얼마 못 가. 오래 갈 수가 없어. 천국이라고 부자들을 가둬놓는 것이 말이 되는 노릇이야? 아까 내가 뭐랬어. 순환이라 그랬지? 여기서 세상을 순환시키는 게 바로 부의 독점이란 말이야. 우리는 기다려야 할 때 돈을 막고 필요할 때 돈을 푸는 댐이었다고. 능력껏, 재주껏 돈을 모았고 그게 자연스레 사회에 변화와 활력을 주도록 도움을 준 게 우리인데, 그걸 막아?

천국도만의 문제가 아니야. 바깥에서 문제가 생길 거라고. 그때는 분명 이 사회가 바뀔 기회가 와. 우리는 그때를 기다리고 또 그때를 만드는 거야. 인공지능 따위가 아니라 우리야말로 진정한 천국의 건축가니까. 알겠어?"

이정서는 정신이 아득해졌다. 얼씨구에 절씨구다. 22세기, 세계를 통솔하는 인공지능이 등장해서 0.001퍼센트의 부자들을 인공섬에다 갖다 버려놓은 이 순간조차도 돈만 많고 골통은 텅 빈 것들이 사이비 교주를 모셔다놓고 염병첨병이구나.

"정서 동생. 도사 목사님께 인사드려. 얼른."

"네?"

"이분이 우리를 이 천국에서 벗어나게 해주실 구세주셔. 알겠어?"

이정서가 황선영에게 걸었던 기대는 말짱 헛것이었다. 천국제도는 0.001퍼센트의 위법을 저지르고 민중을 착취했으며 하는 짓이 재수 없는 놈들 중에서도 가장 진한 엑기스만 뽑아다가 모아놓은 쓰레기통이었다.

6

조필승은 조심스레 발걸음을 옮겼다. 소리가 나지 않도록 입을 크게 벌려 숨을 삼켰다가 뱉었지만 효과가 있는지는 자신할 수 없었다. 그는 관리 안드로이드에게 받은 지팡이가 바닥에서 떨어지지 않도록 주의하면서 선을 그어나갔다.

휙, 하고 타 플레이어가 조필승의 앞을 가로막았다. 조필승은 방금 부딪힐 뻔했던 타 플레이어가 안대를 제대로 끼고 있는 것인지 확인했다. 다행히 타 플레이어는 조필승의 기척을 느끼지 못했는지 그대로 그를 지나쳐버렸다.

조필승은 이번 천국게임의 주 플레이어였으며 그가 진행하는 게임은 '눈 감고 땅따먹기'였다. '눈 감고 땅따먹기'의 룰 역시 저번 '펀치펀치머신'처럼 오래된 예능 프로그램에 나올 법한 내용이었다.

1. 게임은 운동장에 그려진 커다란 직사각형 경기장 안에서 진행된다.
2. 경기장 안에는 99명의 타 플레이어들이 안대를 한 채 돌아다닌다.
3. 주 플레이어는 지팡이로 선을 그을 때만 경기장 안에 들어갈 수 있다.
4. 주 플레이어가 지팡이로 직사각형 경기장의 변과 변 사이에 선을 그어 면을 만들면 그 면 안쪽은 주 플레이어의 영토가 된다.
5. 주 플레이어의 영토 안에 갇힌 타 플레이어는 게임에서 탈락한다.
6. 주 플레이어는 타 플레이어와 부딪히거나 지정된 시간 안에 승리하지 못하면 게임에서 탈락한다.
7. 주 플레이어는 지정된 시간 안에 모든 타 플레이어를 탈락시키는 것을 목표로 한다.

좀 더 간단히 설명하면 이렇다. 일반적인 땅따먹기는 일정 횟수 내에 돌을 쳐서 자신의 영역으로 되돌릴 때까지 그려진 궤적 안의 면을 자신의 영역으로 삼는다. 이와 비슷하게 '눈 감고 땅따먹기'는 안대를 쓴 채로 계속해서 움직이는 타 플레이어와 부딪히지 않고서 지팡이로 선을 그어 자신의 영역으로 되돌아오는 것을 목표로 한다.

어느새 조필승은 30명에 달하는 타 플레이어를 탈락시키고 절반 가까운 영토를 얻는 데 성공했다. 하지만 아직 안심하기는 한참 일렀다.

'눈 감고 땅따먹기'의 난점은 게임이 진행되면 진행될수록 경기장의 넓이가 좁아지며 타 플레이어가 더 밀집하게 되고, 이 사이를 빠져나가기는 점점 더 어려워진다는 것이다. 그리고 지금 경기장 안은 휴가철의 수영장처럼 타 플레이어들이 많이 몰려든 상황이었다.

"이게 뭔 짓인지…."

조필승은 영역에 돌아온 뒤 부러 큰 목소리로 혼잣말을 했다. 그의 목소리를 들은 타 플레이어들이 조필승이 있는 곳 근처로 조금씩 발걸음을 옮겼다.

조필승은 그런 타 플레이어들을 비웃으며 방금 목소리를 낸 곳의 반대편으로 이동했다.

조필승은 이번 게임에 제법 자신이 있었다. 속세에서 조필승의 직업은 부동산 전문 컨설턴트였다. 그가 강연을 나가고 단톡방을 운영하며 SNS에서 DM으로 고급 정보라고 흘린 정보들은 전부 그의 호주머니를 채우는 형태로 되돌아왔다. 사실을 아는 사람이 보면 어처구니가 없을 말도 안 되는 소문을 내고, 그 소문 때문에 투기 분위기가 형성되어 투자금이 몰리면 짠. 그 돈들을 쏙쏙 빼먹는 것이 조필승의 직업이었다. 그의 천직은 땅따먹기에 있었다. 천국도에 온 지금이야 고작 99명을 상대로 하지만, 속세에 있을 때는 천 명, 만 명을 상대로 하는 작업이었다.

타 플레이어들 대여섯이 조필승이 소리를 낸 곳 근처로 몰리자, 조필승은 반대 영역에서 파다다닥 달려서 그들을 가두는 선을 그어버렸다. 짠. 이번에도 조필승의 영토가 또 커져버렸다. 조필승은 사람을 낚는 어부였다.

"일곱 명 탈락! 어허. 두 번째 게임 만에 우승자가

나오면 다른 99명이나 관리 안드로이드들이 서운해서 어쩌지?”

조필승은 이죽거리면서 다시금 교란작전을 펼쳤다. 타 플레이어들은 주 플레이어 쪽이 승기를 잡자 더욱더 긴장해서 몸이 움츠러들었다. 바로 조필승이 원하는 그림 그대로의 반응이었다.

✶

이정서는 눈이 가려진 채 경기장을 돌아다니며 조필승의 발소리를 듣기 위해 신경을 곤두세웠다. 딱히 도움은 되지 않았다. 조필승의 발소리와 다른 플레이어들의 발소리를 구분할 방법이 없었기 때문이었다.

벌써? 내가 주 플레이어가 되어보기도 전에 이리도 간단히 모든 게 끝이 난다고?

아무것도 보이지 않는 어둠 속에서 그저 누군가를 탈락시키기 위해 헤매는 상황 자체가 기분 나빴다. 집에 남아 있었더라면 지금쯤 강아지들과 술래잡기를 하고 있었을 텐데.

“다섯 명 남았다!”

조필승이 그렇게 외치자 이정서는 소름이 돋았다. 벌써? 벌써 다섯 명밖에 안 남았다는 말이야? 나와 다른 참가자들을 제외한 다른 아흔네 명은 도대체 뭘 한 거야?

이정서는 혹시나 하는 마음에 양팔을 크게 뻗고는 빙글빙글 돌기 시작했다. 또 알아? 운 좋게 조필승이 걸려들지?

“번호!”

“3번!”

“5번!”

갑작스러운 누군가의 외침에 이정서는 놀라 무슨 일인지 귀를 기울였다. 들어본 적 있는 목소리였다. 특히 번호라고 외친 사람의 목소리는 누구의 것인지도 기억이 났다.

도사 목사. 황선영이 소개해주겠다고 했던 바로 그 사이비 교주의 기 빨리는 허탈한 목소리였다.

“희희희, 현재 생존한 우리 그룹의 멤버만 나 포함해서 셋이다. 다섯 명만 남았을 리 없어. 저 목소리는 교란작전이야.”

가늘고 새된 목소리가 제법 논리적인 소리를 해

댔다. 덕분에 이정서는 아까보다 진정된 마음으로 게임에 집중할 수 있었다.

"나도 살아 있어!"

"저도요!"

"나도! 나도, 나도!"

도사 목사는 갑자기 박수를 치며 호응하는 거주자들에게 격려를 더했다. 조필승은 썩은 얼굴이 되어 남은 게임을 치르다가 결국 남은 스물세 명 중 하나에게 다리가 걸려 넘어지고 말았다. 조필승의 패배였다.

7

"반갑습니다. 저는 거주자 여러분들을 위한 상담사 김소영입니다. 최소 매달 1회씩, 요청이 있을 경우 주 1회씩 상담이 진행됩니다."

이정서는 지친 미소와 함께 상담사에게 고개를 끄덕여 보였다. 김소영 상담사는 상담실 의자에 앉아 딱딱한 표정으로 태블릿 PC에 메모를 이어 나갔다.

김소영 상담사는 22세기 사람답지 않게 자신의 나이 그대로의, 70대 노인의 외견을 유지하고 있었다. 그 때문인지, 상담실은 그 외견과 태도에서 나오는 엄숙하고 압박적인 분위기로 가득 차 있었다.

"이정서 선생님, 천국도에서 지내신 지 벌써 한 달이 좀 지났는데 어떠세요? 불편은 없으시고요?"

"괜찮습니다."

실제로 천국도 생활은 불만족스럽긴 해도 불편하지는 않았다. 섬은 사람은 없지만 예산은 풍부한 지방의 작은 마을 같았다. 도서관이나 영화관 그리고 병원 같은 기초적인 시설은 최신식으로 마련이 되었으며 원하는 사람은 정원을 만들어 꽃이나 나무를 기를 수도 있었다.

천국게임도 10회나 넘게 진행되었다. 이정서에게 있어서는 다행스럽게도 아직 게임에서 주 플레이어가 승리한 경우는 나오지 않았다. 그래도 거주민들 사이의 분위기는 좋지 않았다. 언제 귀환자가 탄생해 자기들을 좌절시킬지 모를 노릇이었으니 말이다.

"다만 관리 안드로이드들이 정해진 공지만 되풀이할 뿐 대화를 해주지 않는 점은 좀 답답합니다. 바깥세상이 어떻게 돌아가는지 알 수 없다는 것도 힘들고 친구들도 보고 싶네요."

"죄송하지만 그 점에 대해서는 저도 도와드릴 수가 없어요."

김소영 상담사는 단호하게 바깥세상에 대한 대화의 여지를 끊어버렸다. 이정서도 딱히 기대하지 않고 던진 미끼였기 때문에, 미련 없이 상담사의 다음 질문을 기다렸다.

이정서는 상담사가 건넨 이런저런 질문들에 길게 대답했다. 식사가 어떻다, 운동량은 적당하다, 거주시설의 이불이 조금 더 두꺼웠으면 좋겠다 등. 상담사는 태블릿에 이정서의 대답에서 특기할 내용들을 상세하게 기록하였다.

이정서는 별거 아닌 대화라도 최대한 길게 이어나가려고 했다. 오랜만에 본, 시민심사위원들이 이 인간들은 어디 외딴섬에다 갖다 버리자고 결정할 정도로 위법을 저지르고 민중을 착취했으며 하는 짓이 재수 없는 놈들이 아닌 인간과의 대화에 굶주렸기 때문이었다.

"마지막으로… 요즘 천국도에서 어떤 분들과 가깝게 지내시나요?"

"어, 그게…."

하지만 이 질문만은 대답하고 싶지 않았다. 이정서는 이 섬의 거주자들이 하나같이 질색이었다. 다들 뻔뻔하고 눈치 없고 거만하고 하여튼 5분이라도 같이 있고 싶지 않은 사람들이었다.

천국도의 거주자들은 대등한 관계의 다른 누군가와 대화를 해본 지 너무나 오래된 상팔자 인생들이었다. 언제 어디에서 누구를 만나건 그들이 접하는 사람은 모두 그들의 아랫사람이었고 그들이 욕을 내뱉건 주먹으로 치건 똥을 싸지르건 상관하지 않는 사람들이었다. 아니, 오히려 그들이 그러기를 기대하고 기다리는 사람들이었다. 그런 상팔자 인생들만 100명이나 고르고 골라 한 곳에 가둬놓고 상놈 팔자 일을 시키니 지내기 기꺼운 사람이 있을 리 없다.

"관리 안드로이드가 제출한 보고서를 보니 이정서 선생님은 오 목사 그룹의 분들과 자주 교류하신다고 적혀 있군요. 황선영 선생님과도요."

"어쩌다 보니…."

아닌 게 아니라, 이정서는 요즘 계속해서 오 목사의 그룹—도사 목사의 그룹과 함께 다닐 때가 많았다. 그들이 매일마다 하는 기도나 강론에는 참여하지 않았지만, 도사 목사는 식사나 다음 천국게임을 위한 작전회의 자리에 와달라 요청을 하면 못 이긴 척 합류하고는 했다.

이정서는 상담사의 표정이 잠깐이나마 굳었던 것을 포착했다. 김소영 상담사는 그와 바깥세상을 연결해주는 몇 안 되는 끈이었다. 이정서로서는 김소영 상담사에게서 가능한 한 많은 것을 얻어낼 필요가 있었다. 그리고 그중에는 신뢰도 있었다.

"그 사이비 종교 교주 같은 사람이 좋아서 같이 있는 것은 아니고요. 어디까지나 게임을 유리하게 풀어내기 위해서일 뿐입니다. 실제로 이제까지 진행되었던 게임 중 서너 판은 도사 목사가 중심이 되어서 주 플레이어의 승리를 막았기도 하고요."

"그렇더군요."

이정서는 나름대로의 변명을 던져보았지만, 김소영 상담사의 표정은 더 딱딱해질 뿐이었다. 아무래도 도사 목사에게는 뭔가 더 꺼림칙한 비밀이 숨겨져 있는 듯했다.

"잠시만 기다려주세요. 개인적인 연락이 왔습니다."

이정서가 더 자세히 질문을 하려는 순간, 김소영 상담사는 전화 알람을 보고서 방을 나가버렸다. 이정서는 그 틈을 놓치지 않았다. 조심스레 상담사의 태블릿을 조작해 도사 목사에 대한 기록을 찾아보았다. 그 결과, 이정서는 일주일 치 배변 봉투를 실수로 제때 버리지 못했던 여름의 그날로 돌아간 기분이 되었다.

8

"우리 도목사 그룹에 오신 여러분들, 환영해. 나는 오칠영이야. 별명은 도목사인데, 희희희, 길을 볼 줄 아니까 도사고 이끌 줄을 아니까 목사고 해서 그래. 도사 목사나 도목사 이렇게 부르면 돼."

짝짝짝! 관리 안드로이드가 예약해준 세미나실에 열두 명의 거주자들이 모여 앉아 도목사의 인사에 박수를 쳤다. 도목사는 새된 목소리로, 숨이나 넘어가지 않을까 싶을 헐떡이는 목소리로 환영사를 이어 나갔다.

거주자들이 천국도에 온 지 두 달이 되었을 무렵,

거주자들은 크게 대여섯의 그룹으로 나뉘었다. 여전히 독자적으로 활동하는 사람들도 있었지만 그 수는 많지 않았다.

대부분의 그룹은 바깥세상에 있었을 때의 인맥을 중심으로 연결되어 있었다. 도목사의 그룹의 핵심 멤버들도 도목사와 속세에서 도목사를 열성적으로 따르던 신도 두엇이었다.

이정서는 도목사의 환영사를 듣는 척하면서 그룹에 속한 사람에는 누구누구가 있는지, 누구끼리가 친하고 누구끼리가 어색한지, 누가 유용할지를 조심스레 가늠해보았다.

"우리 도목사 그룹의 목표는 말이야, 내가 도사니 목사니 하니까 우리를 무슨 사기꾼 그룹으로 아는데 그렇지가 않아요. 나만 탈출하려고 이런 그룹을 만든 게 아니라는 거야."

"그러면 이 그룹의 목표는 뭡니까?"

"다른 그룹에서 승리자가 나오는 걸 막는 거야. 우리 그룹에서 승리자가 나오는 걸 서로 돕지는 않아. 사람들은 이기적이야. 이기적인데 어떻게 팀을 이루겠어? 당신, 내가 속세로 돌아갈 테니까 당신

여기 남으라고 하면, 네 알겠습니다, 그럴 거야?"

"어려울 것 같습니다."

"그것 봐. 그렇잖아? 나도 당신들 안 믿을 거고 당신들도 나 믿지 마. 그러려고 모인 거 아냐. 하지만 내가 승리할 가능성을 높이고 싶은 건 맞고 당신들도 그렇긴 할 거야. 맞지?"

"네."

"그러니까 우리는 힘을 합쳐서 다른 그룹에서 승리자가 나오는 걸 막을 거야. 하지만 주 플레이어가 우리 중 하나일 때는 합심해서 막지는 않을 거야. 그것만으로도 가능성이 제법 올라가지 않겠어?"

"아…."

"대신 우리 중 하나가 승리자가 되면 서로 축하만 해주자고. 승리자는 속세로 돌아간 다음에 가족에게 안부 전해주기 같은 인간적인 부탁 정도나 들어주고. 어때?"

세미나실에 앉아 있던 사람들 모두 도목사의 의견에 고개를 끄덕였다. 이정서도 다른 이들과 마찬가지로 박수까지 작게 쳐가면서 호응했다.

얼핏 들어보면 합리적으로 보였다. 이런 대규모

의 서바이벌 게임에서는 규모가 크고 결속력이 강한 그룹일수록 그 안에서 승리자가 나올 가능성이 커진다. 하지만 어차피 승리자가 단 한 명밖에 나올 수 없다면 규모가 크고 결속력이 강한 그룹이 탄생하는 것은 불가능하다. 승리 외의 또 다른 보상을 제공할 수 있는 경우가 아니라면 말이다. 그런데 이 안에 모인 0.001퍼센트의 부자들은 속세에서의 부를 모두 몰수당해, 이곳에서 나가더라도 어떤 보상을 약속할 수 없었다. 하지만 도목사의 전략은 이러한 딜레마에서 자유로웠다.

도목사가 제시한 목표는 어디까지나 그룹 외부의 승리자가 나오는 것을 막는 것까지다. 그룹 내부에서 일어나는 개인 차원에서의 경쟁은 유지한다. 이렇게 하면 그룹의 규모를 압도적인 수준으로 키우는 것은 어렵지만 결속력은 강해질 수밖에 없다.

이정서는 속으로 이 자리에 모인 사람들을 비웃었다. 이정서는 김소영 상담사의 태블릿에 담겨 있던 도목사에 대한 자료를 읽었을 때 경악을 금하지 못했다. 그 자료에 따르면, 도목사는 결정적인 증거가 없어 검거가 되지 못했을 뿐, 천국도에 들어오기 전에 사이비 종교 집단을 이끌면서 온갖 범죄를 다 섭렵한 쓰레기봉투 같은 인간이었다. 그것도 그냥 쓰레기봉투가 아니라 안에 토막 난 시체가 몇 구나 들어 있을지 모를, 그런 쓰레기봉투.

강원도의 모 도시에 마약을 파는 양아치 그룹이 있었다. 이 그룹은 미성년들을 중독시켜 남녀 가리지 않고 다양한 방법으로 착취를 했다. 한낱 양아치였던 이들은 도목사를 만나면서 보다 큰 규모로 급격히 확장되었다.

도목사는 지방 개척교회의 말단 집사였다. 도목사는 교회의 집사면서도 양아치 그룹에게 빚을 져 협박을 받게 되었고, 양아치 그룹에 빚을 갚는 대신에 지방 개척교회를 활용하게 해주었다. 지방 개척교회는 양아치 그룹에 있어 커다란 건물과 지방 도시의 인맥 그리고 돈세탁의 창구의 모든 면을 만족시켜주는, 말 그대로 신이 내려주신 은총이었다.

그리고 어느 순간부터 양아치 그룹과 도목사의 관계는, 지방 개척교회와 도목사와의 관계는 완전히 역전되고 말았다. 도목사는 양아치 그룹 밑에서 종노릇을 하는 사이에 마약을 제조하는 방법과 유통하는 시스템 그리고 사람을 관리하는 노하우를 익혔고, 양아치 그룹이 눈치채지 못하도록 야금야금 그룹의 핵심 멤버들이 감옥에 가도록, 마약에 찌들도록, 서로 내분을 일으키도록 유도했다. 지방 개척 교회도 성경은 내던진 채 도목사의 해괴하고 독자적인 강론으로만 운영되었다.

도목사가 마약 사업과 교회 사업을 먹은 뒤로부터는 모든 일이 일사천리로 흘러갔다. 지방의 마약 판매, 지방의 인신매매, 지방의 노조파괴, 지방의 청부폭력, 지방의 어쩌구저쩌구 등 하지 말라는 건 다 하면서 교회의 이름 뒤에 숨어 지냈다. 세가 불어난 이후에는 SNS의 인플루언서들을 공략하면서 서서히 중앙권력을 잠식하기 시작했고 말이다.

하지만 도목사가 실질적으로 이 사업에 관여했다는 증거는 하나도 없어서, 세계를 통솔하는 인공지능 정부도 그저 정황으로만 그를 위험인물로 지정할 수밖에 없었다. 도목사가 천국제도에 끌려오게 된 것도 그가 저지른 무수한 범죄에 대한 증거가 아닌, 불륜에 대한 증거가 남았던 덕이었다.

이런 사실을 알고 난 뒤, 이정서는 오히려 도목사

야말로 같은 그룹으로 삼아야만 하는 인물이라고 판단했다. 어차피 자신이 이 섬에서 나갈 가능성은 없어 보였다. 그렇다면 이 섬에서 안전한 곳은 도목사와 같은 위험인물이 무슨 이상한 짓을 저지를지 바로 옆에서 감시할 수 있는, 가능하다면 또 가로막을 수도 있는 도목사 그룹 안이라고 결론을 내린 것이다.

이정서가 짐작하기에 도목사와 그 주변의 신도들은 그룹 안의 그룹으로서 활동할 것으로 보였다. 지금이야 그룹 내부의 구성원이 주 플레이어가 되면 개별로 경쟁하면 된다고 말하지만, 그리고 실제로 그 약속은 지켜지겠지만, 도목사가 주 플레이어가 되는 천국게임이 진행되는 바로 단 하루에 도목사와 그 신도들은 똘똘 뭉쳐서 도목사를 승리자로 만들고자 할 가능성이 높았다.

하지만 이는 이정서에게 있어서는 기회이기도 했다. 도목사와 신도들은 도목사가 주 플레이어가 되는 그날까지 발톱을 꺼내지는 않을 것이다. 만약 이 상황을 잘만 조종한다면, 이정서의 계획대로만 일이 굴러간다면 그날 웃는 사람은 도목사가 아니라 이정서가 될 것이었다.

“자, 그러면 자기소개를 할까? 이번에 합류한 사람들부터 하자고. 우선은 이정서. 이정서는 속세에서 유기견들 돌보는 일을 했대. 덕을 많이 쌓았으니까 다들 친하게 지내라고.”

도목사는 이정서를 자리에서 일으켜 세우고는 소개를 했다. 이정서는 웃으면서 고개를 숙여 세미나실의 다른 사람들에게 인사를 했다.

도목사 그룹의 멤버들은 큰 박수로 이정서를 환영했다. 천국도에 처음 왔을 때야 속세에서 사람 무시하고 개들만 챙기는 개또라이였다고 손가락질을 받은 이정서였지만, 천국게임을 몇 차례 진행한 뒤의 그는 일단 다른 사람들과 기 싸움이 아닌 대화를 할 줄 알고 게임의 룰을 이해한 뒤 참여할 수 있다는 점에서 빼어난 인재로 통했다.

“반가워요!” “잘 지내봐요.” “믿음직하네!”

사람들은 기분 좋게 덕담을 던지며 그룹의 멤버들끼리 의기투합하는 분위기를 유지했다. 이정서는 해맑게 웃으면서 언제 또 어떻게 이 사람들을 배신해서 원래의 개또라이로 돌아갈 수 있을지를 고민했다.

9

"우리 그룹에서 나가주시죠."

"네? 실례지만…."

"최윤이에요. 아까 세미나실에서 소개했을 텐데요."

이정서는 놀란 표정을 지우고서 최윤에게 앞에 앉으라는 제스처를 내보였다. 하지만 최윤은 꼿꼿한 자세를 풀지 않고서 그저 카페 테이블에 앉아 있는 이정서를 내려다볼 뿐이었다.

최윤은 도목사 그룹의 일원 중 하나였다. 도목사는 세미나실의 미팅 때 최윤을 황선영의 추천으로 그룹에 가입한 초기 멤버라고 소개했다. 그는 미팅이 끝나고 무인카페에서 커피를 마시던 이정서를 대뜸 찾아와 탈회를 종용했다.

이정서는 천국섬에 오기 전부터 최윤에 대해 알고 있었다. 부실 건설로 붕괴되어 막대한 사상자를 냈던 모 아파트 시공사 회장의 숨겨진 손녀이자 비자금 차명계좌 관리인으로 밝혀져 유명해진 사람이었으니까. 그와 관련된 루머도 많았다. 그 비자금이 유가족에게 보상금을 주지 않으려고 만든 것이라던가, 회장과 열애했다는 의혹의 유명배우가 친 할아버지였다거나.

“이정서 씨는 저희 그룹을 이용하기 위해서 오셨을 뿐이잖아요? 도목사님을 믿어서가 아니라.”

“그렇기는 합니다만….”

이정서는 최윤의 고압적인 태도를 보며 유명 배우와 관련된 루머가 어떻게 나왔는지 짐작이 갔다. 선이 굵은 미남이면서 신랄한 어조로 유명했던 그 배우와 무척이나 닮은 분위기였으니까.

이정서는 시중에서 떠도는 소문에 눈앞의 인물을 대입한 것을 속으로 자책하면서도 불만이 풀리지는 않았다. 어차피 같은 거주자 아닌가? 둘 다 부모 덕분에 호의호식하며 지내다 미움을 사 끌려온 사람들 아닌가? 비슷한 또래에다 서로 크게 다를 바 없는 신세면서 왜 저렇게 못 잡아먹어 안달이란 말인가?

무엇보다 도목사부터가 도목사 그룹을 신앙 공동체가 아니라 천국게임에서 더 유리한 입지를 차지하고자 모인 일시적 동맹으로 소개했었다. 이정서는 도목사를 믿기는커녕 오히려 그가 너무나도 위험한 인물이라 경계하기 위해 이 그룹에 합류했지만, 대단한 근거도 없이 쏟아지는 최윤의 비난이 부당하게만 느껴졌다.

"도목사님은 지금 최윤 씨가 이러시는 걸 압니까?"

"그건 당신이 신경을 쓸 일이 아니에요."

최윤은 날카로운 말투로 이정서의 질문을 끊어버렸다. 이정서도 지금 이 상황은 최윤의 단독행동임이 분명하다고 판단했기에 굳이 대답을 들을 생각도 없었다.

"당신처럼 사회성이 없는 사람들은 그룹의 단결력을 떨어뜨리기 마련이에요. 아니, 단순히 사회성만 없는 수준이라면 단결력이 떨어지더라도 어떻게든 안고 갈 동료일 거예요. 하지만 아무리 천국게임에서 승리할 가능성을 높이고 싶다고는 해도 이정서 씨 같은 불신자를 그룹에 합류시키는 것은 독이 든 성배를… 아니, 독이 든 종이컵을 탐내는 일이나 다름이 없죠."

"저 선생님, 말씀이 좀…."

"도목사님을 믿고 따르기라도 한다면 약간의 사회성 부족이야 참고 넘어갈 단점으로 끝나겠지만요. 이정서 씨는 그런 사람이 아니잖아요? 인간 불신의 인간. 그 어떤 누구에게도 마음을 열지 않는."

이정서는 갑작스레 이어지는 비난에 짜증이 일었다. 이 섬의 거주자들은 0.001퍼센트의 부자들 중에서 선별된 불량품들이다. 이정서는 인간쓰레기종량제봉투 같은 섬에서 고작 사람과 말을 섞기 싫어한다는 이유만으로 이런 평가를 받고 싶지는 않았다.

하지만 최윤은 이정서에게 비아냥거리기를 멈추지 않았다. 사람과 대화를 하지 못해서 강아지들과만 대화를 한 한심한 인간이라고. 먹이를 주면 누구에게나 마음을 허락하는 것이 강아지들이니 이미 이정서의 얼굴은 애저녁에 잊었을 것이라고. 돌아가봤자 만날 수 있는 사람도 없는 당신은 천국게임에 참여할 자격도 없다고.

"최윤 씨. 최윤 씨가 뭐라고 하시건 저는 도목사 그룹의 일원이 되었고요. 이제 와서 제가 도목사님이나 다른 분께 가서 그룹에서 나가겠다고 말씀드리는 것도 우습지 않습니까? 네. 최윤 씨가 지적하신 대로 저는 사회 부적응자에 인간 불신이 깊은 사람입니다. 그런데 그렇다고 제가 몹쓸 인간인 것도 아니니까 너무 염려는 마시고요. 정 제가 거슬리시면 게임할 때 외에는 도목사 그룹 여러분이 모이신 곳에는 가지 않을 테니 이걸로 그만하시죠."

아닌 게 아니라, 이정서는 애초에 도목사 그룹 사람들을 좋아하지 않았다. 다만 그들이 속세에서와 마찬가지로 천국도에서 어떤 이상한 짓을 하지는 않을까 가까이에서 감시하고자, 천국도에서 벗어나 속세로 돌아가지 못하도록 훼방을 놓고자 그 옆에 붙어 있을 뿐이었다.

이정서는 최윤의 표정이 잠시나마 풀렸다가 다시 굳어버리는 것을 보고 당황했다. 이렇게나 양보를 했는데도 거부감을 보인다고? 최윤은 입을 다물고서 천천히 단어를 고른 다음 이렇게 말한 뒤 자리를 떠났다.

"개 꼬랑내나 풀풀 나는 사람이 어떻게 감히…."

이정서는 도무지 웃을 수가 없었다. 부모의 원수라고 해도 이런 대접은 받지 않을 텐데. 혹시나 몰라 손목에 코를 대고 체취가 강하게 남았는지를 확인해봤지만 평소와 다를 바는 없었다.

결국 이정서는 로비에 배치된 관리 안드로이드를 통해 이번 달의 희망 물품으로 남성용 향수를 잔뜩 신청했다. 그러면서도 유기견 보호소의 강아지들을 품에 안았을 때의 고소한 향기가 그리워졌다.

10

[다음 질문입니다. 한이삭 거주자는 저번 주 외부 물건 반입으로 곰인형을 신청했다. O입니까, X입니까?]

김덕평은 비틀거리며 발걸음을 옮겼다. 숨이 차서 입을 크게 벌려 헐떡이지만 호흡은 돌아오지 않았다. 알지 못하는 문제였다. 그는 고개를 돌려 옆에서 있는 한이삭을 바라보았다.

김덕평과 한이삭은 천국도의 헬스장에서 마주친 적이 있기는 했다. 한이삭은 승모근이 이렇게까지 필요할까 싶을 정도로 두터웠고 역기를 들었다가 땅에 던져버리는 비매너로 다른 사람과 다투고는 했다. 이런 사람이 곰인형을?

한이삭은 김덕평의 앞을 가로질러 O가 그려진 바닥 위로 올라갔다. 김덕평은 한이삭의 표정을 보고 그의 선택이 진실인지 거짓인지를 추측했다. 헬스장 붙박이에 덩치 커다란 남자라고 곰인형을 갖고 싶지 않으리란 법이 있나? 저번 질문에는 정답에 올라가 있었지? 곰인형 취미는 모르겠지만 연기를 잘하는 타입은 아닌 것 같은데?

김덕평은 이번 천국게임의 주 플레이어였으며 그가 진행하는 게임은 '빙글빙글 OX 퀴즈'였다. '빙글빙글 OX 퀴즈'의 룰은 회사 야유회에 나올 법한 내용이었다.

1. 게임은 OX 발판과 회전판이 놓인 경기장 안에서 진행된다.
2. 주 플레이어는 99명의 타 플레이어와 각각 1:1 OX 퀴즈를 풀어야 한다.
3. 주 플레이어가 회전판에 오르면 회전판이 5회 회전한 뒤 문제가 나온다.

4. 문제의 내용은 상대 타 플레이어와 관련된 내용이다.
5. 타 플레이어는 주 플레이어보다 앞서 OX 발판 중 하나를 선택해야 한다.
6. 타 플레이어는 정답과 오답 양측 모두 선택할 수 있다.
7. 주 플레이어가 정답을 고르면 상대 타 플레이어는 탈락한다.
8. 주 플레이어가 오답을 고르면 주 플레이어는 다시 회전판으로 가 5회 회전을 해야만 다른 문제를 받을 수 있다.
9. 주 플레이어는 지정된 시간 안에 모든 타 플레이어를 탈락시키는 것을 목표로 한다.

좀 더 간단히 설명하면 이렇다. 큰 틀은 일반적인 OX 퀴즈와 같지만 주 플레이어가 문제를 듣기 위해서는 5회 회전을 견뎌야만 하고, 대신 문제에 틀리더라도 탈락하지는 않으며 5회 회전을 또 견디는 것으로 다른 문제를 받을 수 있다. 문제의 내용은 상대 타 플레이어와 관련된 내용이며, 상대 타 플레이어 역시 OX 퀴즈를 풀어 주 플레이어와 심리전을 벌일 수 있다.

김덕평은 한이삭에 대해서만 벌써 다섯 번째 문제를 받은 참이었다. 간신히 23명의 타 플레이어를 탈락시켰지만 남은 시간은 얼마 되지 않았다.

'빙글빙글 OX 퀴즈'의 난점은 상대 타 플레이어에 대해 알지 못하면 문제를 풀지 못하고 답을 찍어야만 한다는 것이었다.

무엇보다 몇 번 같이 밥을 먹고 비교적 친해진 사이라고 하더라도 알기 어려울 정도로 세세한 문제가 너무 많았다.

"한이삭, 야, 너! 너 또 나 속일 거냐?"

한이삭은 능글맞게 웃기만 할 뿐, 아무런 대꾸도 하지 않았다. 김덕평은 숨이 넘어갈 것 같은 와중에도 그에게 호통을 치고 꾸짖었다. 한이삭은 그런 김덕평을 비웃으며 혓바닥을 날름 내밀었다.

김덕평은 분하기만 했다. 속세에서 김덕평은 제법 알아주는 언론사의 실질적인 사주였다. 수많은 정치인이 그의 말 한마디에 설설 기었으며 그가 뒤를 봐주는 것으로 기사회생의 위기에서 벗어난 기업이 줄을 이었다. 사회적인 유명 인사니 재능 넘치는 아티스트니 하는 것들도 그가 말을 얹거나 얹지 않거나 결정함에 따라 결정되었다. 모두가 그의 말을 들었고 모두가 그에게 말을 걸었다. 하지만 천국도에 온 지금은 누구도 그에게 말을 걸지 않고 누구도 그의 말을 듣지 않는다.

이번에는 분명 X일 것이다! 김덕평은 그렇게 확신하고 X가 그려진 발판 위에 올라갔다. 붑부—. 오답을 의미하는 버저음이 울렸다. 또? 또 저 회전판 위에 올라가 한이삭에 대해 알고 싶지도 않은 정보에 대한 퀴즈를 풀어야만 한다고?

"영감님. 거 나에 대해 너무 몰라주는 거 아뇨? 나 그렇게까지 매력 없는 사람 아니야. 나 알고 보면 제법 알아줄 구석이 있는 사나이야. 어, 이 기회에 친해져 좀 봅시다. 응?"

한이삭의 이죽거림을 들으며 김덕평은 다시 회전판 위에 올랐다.

이번에도 회전판은 격한 속도로 다섯 번 빙글빙글 돌았고, 거기에서 내려온 김덕평은 구토를 하며 바닥에 쓰러지고 말았다.

✶

이정서는 관중석에서 다른 탈락자들과 함께 김덕평이 퀴즈를 푸는 모습을 바라보았다. 남은 시간과 김덕평의 체력을 가늠하면 마음을 졸일 필요는 없을 것 같았다. 김덕평은 한이삭과 관련된 퀴즈를 통과하느라 일곱 번이나 회전판에 올라야 했고, 그 이후로는 기세가 확 죽은 모습이었다.

아니, 섬에 100명이나 되는 사람이 있는데 이들의 일거수일투족을 다 외우고 다니는 것이 가능하기나 한가? 세계를 통솔하는 인공지능 정부는 아무도 승리하지 못하도록 천국게임을 설계한 게 아닐까?

복잡한 심경으로 천국게임을 관람하는 사이, 도목사가 이정서의 곁에 다가왔다. 그 또한 초반에 이미 탈락하여 관중석에 올라온 차였다.

"희희… 천국게임의 공략법이 보이는구만."

도목사가 그 특유의 새된 목소리로 자신만만하게 말하자 이정서는 황당하기만 했다. 이런 게임에 무슨 놈의 공략법이라는 말인가? 사이비 종교 교주들 특유의 그 허세인가?

"농담이 아니야. 보라고. 저기 저 김덕평이. 쟤 바깥에서 뭐 하던 놈인지는 아나?"

"언론사를 몇 개 가졌다는 이야기는 들었습니다."

"그치. 난 바깥에서 김덕평이를 몇 번 본 적이 있거든? 그때 저놈은 언론사를 갖고 놀면서 세상에 가짜 뉴스를 퍼뜨리는 것이 낙이었어. 그런 놈이 이웃들의 정보를 맞춰야 하는 OX 퀴즈를 한다고? 이건 다분히 의도적인 배치지. 김덕평이만 저런 것도 아니야. 다른 애들도 다 바깥에서 돈을 벌면서 한 일들과 연결되는 게임을 했어."

이정서는 도목사의 가설이 그럴싸하다는 것은 인정했다. 저번 땅따먹기 게임의 주 플레이어가 악덕 부동산 업자였다는 이야기를 들은 기억도 떠올랐다. 하지만 그것만으로는 공략법이 보였다고 할 수는 없었다.

"속세에서의 잘못을 은유한 게임을 할당받는다는 게 맞다고 해보죠. 그런데 그걸 안다고 이길 수 있는 게임도 아니잖아요?"

"맞아. 천국게임은 평범한 방법으로는 승리가 불가능하게 설계되어 있으니까. OX 퀴즈가 확률이 2분의 1이라고 하지만 이걸 100번이나 풀어내야 하면 확률적으로 어처구니없는 숫자가 나오거든."

"그런데 어떻게 공략법이 있어요?"

도목사는 희희희 웃다 설명을 더했다.

"99명이 1명에게 져주면 돼."

11

“홍 사장. 이건 먹어봤어? 내가 들고 왔어.”

김덕평은 대단히 선심을 쓴다는 듯 로비 구석에 놓여 있던 사탕을 홍정연 앞에 내려다놓았다. 모든 자원이 동등하게 배분되는 천국도에서 김덕평은 저기의 물건을 여기로 옮겨주는 것 외에 다른 사람에게 보일 수 있는 호의를 상상할 능력과 이를 뒷받침할 경험이 없었다.

게임을 마친 뒤 요 며칠간, 김덕평은 주변 사람들에게 말을 걸기 시작했다. 이제까지 누가 어련히 알아서 모셔야 했던 김덕평이 다른 사람에게 먼저 인사를 하게 된 것이다.

이는 김덕평의 인격적인 수준이 이전까지보다 한층 높은 단계로 도약했다는 증거였다. 또한 고작 이런 생활 상식적인 변화가 그를 이전까지보다 한층 높은 단계로 도약했다고 부를 정도라면 이전까지의 그가 얼마나 조잡한 인간이었는지를 가늠하기 어렵다는 증거이기도 했다.

“내가 이거 줄게.”

로비에 놓여서 누구나 먹을 수 있는 것을 주겠다니. 지금 김덕평은 다음에 혹시 자기 차례가 돌아온다면, 그때도 OX 퀴즈를 해야 한다면 그때는 더욱 쉽게 정답을 맞출 수 있도록 거주민들의 신상정보를 캐고 다니는 것이 분명했다. 하지만 취재의 대가로 사탕 하나는 아무래도 여러 의미에서 많이 모자란 셈법이었다.

이정서는 로비에 앉아 주변 사람들에게 막무가내로 말을 걸고 다니는 김덕평을 보면서 좀 짠한 동시에 섬뜩하기도 했다. 도목사가 말한 “99명이 1명에게 져주면 이길 수 있다”는 필승법이 무슨 의미인지, 김덕평을 보니 더욱 선명하게 이해되었기 때문이다.

천국게임은 1 대 99의 싸움이다. 물리적으로 이길 수 없다. 하지만 그 1명이 다른 99명과 친한 사이라면 어떨까? 99명 모두가 1명의 승리를 응원해 자신이 졌다고 항복을 선언한다면?

아니, 굳이 99명 전원과 사이가 좋아질 필요는 없다. 50명의 양보만이라도 얻어낸다면 게임의 난이도는 99명을 상대할 때보다 몇 배는 더 쉬워질 것이다.

이정서는 한숨을 쉬었다. 어디 그게 가능한 이야기겠는가. 다른 누가 자유를 얻는 대가로 내가 이 섬에 계속해서 갇혀 지내겠다는 것이 쉬운 선택이겠는가. 어지간히 절친한 친구 사이에서도 쉽지 않은 일인데, 이 사회 부적응 부자들이 그런 인간관계를 맺을 수 있겠는가.

세계를 통솔하는 인공지능 정부가 나오기 전에는 어떻게 가능했을지도 모를 일이다. 그때만 해도 이 섬의 거주민들은 모두 부자였으니까. 권력이, 법이, 돈이, 폭력이 그들의 것이었던 시절에는 굳이 다른 사람과 인간적으로 가까운 사이가 되지 않더라도 다른 사람의 인생을 자기 마음대로 조종할 수 있었을 테니까.

"저기요."

이정서는 자신을 부르는 목소리에 고개를 돌려 뒤를 바라보았다. 그곳에는 최윤이 께름칙한 표정으로 그를 내려다보고 있었다. 아니, 이 사람이 뜬금없이 무슨 용건이람.

"잠깐 따라오시죠."

"어딜요?"

"도목사님이 부르세요."

최윤은 이정서를 데리고 정원으로 향했다. 처음의 세 문장 이후로는 단 한 마디도 꺼내지 않고서.

이정서는 자신을 극도로 경계하면서도 도목사의 명령을 따라 안내를 하러 온 최윤을 바라보며 별별 사람들을 다 쥐락펴락하는 사이비 교주라면 99명을 정신적으로 지배해서 이 섬을 탈출하는 것도 가능하겠다 싶었다.

"저, 최윤 씨."

"무슨 일이죠?"

"그러게요…?"

이정서는 최윤을 따라가는 그 시간이 너무나도 길고 지루하게 느껴진 나머지, 무슨 이야기라도 해야겠다는 강박에 일단 말을 걸고 말았다. 하지만 정작 말을 건 본인부터가 무슨 말을 해야 할지 생각을 하고 건 것이 아니었다. 하다못해 사람 말을 할 줄도 모르는 강아지들에게도 관상이 좋다느니 털 결이 곱다느니 매번 아무 말이나 걸던 이정서로서는 이 침묵을 견딜 수 없었던 것이다.

"하실 이야기 없으면 가던 길 가시죠."

"저한테 왜 이렇게 까칠하십니까? 제가 이 그룹에 들어온 걸 왜 그렇게 질색하세요?"

최윤은 어처구니가 없다는 듯 이정서를 다시 노려보았다. 이정서는 자신이 무심결에 고른 단어가 로맨스 코미디의 초반 3화에 나올 법한 작업 멘트 같았다는 점에 당황하며 자신의 논지를 부연했다.

"스스로의 인생을 돌아보세요."

"아니, 그게 참… 최윤 씨나 저나 도목사 그룹의 사람 아닙니까?"

"저는 그렇게 생각하지 않는데요."

"최윤 씨는 그렇게 생각하지 않으셔도 도목사 보기에는 그렇잖아요. 그리고 도목사 말이 천국게임에서 승리하는 법은 상대가 져주는 방법뿐이랍디다.

저희도 좀 친해지고 그래야 이 섬에서 나갈 가능성이 높아지는 것 아니겠어요?"

최윤은 걸음을 멈추고서 이정서를 노려보았다. 그 눈빛에는 이해할 수 없는 경멸이 담겨 있었다.

"저는 천국도에서 나갈 생각이 없습니다. 오로지 도목사님이 나가시는 가능성에 대해서만 생각하고 있으니까요. 그러니 이정서 씨와 굳이 친해질 필요가 없지요."

"아…."

"더해서 도목사님이 천국제도의 다른 모든 사람과 다 친해져야만 하더라도 당신과만은 친해지지 않았으면 좋겠군요."

이정서는 최윤의 말투에서 선명한 진정성을 느꼈다. 결국 그는 이후로 아무런 말도 하지 않고서 최윤을 따라 도목사 그룹의 집결지로 향했다.

12

[오늘의 천국게임은 '나를 따라 해봐요 아바타 무브'입니다. 주 플레이어는 최우명 님이십니다. 룰은 다음과 같습니다. 주 플레이어는 여기에 보이는 꼬마열차 안에 들어가 제한 시간 내에 경기장을 완주하는 것을 목표로 합니다. 꼬마열차는 99명의 타 플레이어가 서 있는 승강장마다 정차하는데, 이때마다 타 플레이어는 주 플레이어가 따라서 하기 어렵도록 들려오는 음악에 맞춰 10초 동안 춤을 춰야 합니다. 주 플레이어가 타 플레이어의 춤을 성공적으로 따라 하면 꼬마열차는 다음 타 플레이어가 있는

승강장으로 이동합니다.]

0.001퍼센트의 부자들이 천국도로 이주한 지 반 년째. 어느새 천국도 관리 안드로이드 토끼가 거주자들을 천국도 어트랙션의 입구 앞에 모아놓고 질서정연하게 줄지은 뒤 오늘의 게임에 대해 설명하는 것도 거주자들에게는 익숙한 풍경이 되었다.

주 플레이어로 선정된 최우명은 긴장이 풀린 모습으로 다른 관리 안드로이드의 안내를 따라 단상 위로 올라가 꼬마 열차 위에 올라갔다. 타 플레이어가 된 나머지 99명은 허탈함 속에서 그를 바라보았다.

[이 게임에서 주 플레이어이신 최우명 님이 승리하시면, 천국도를 떠나 사회귀환 시스템에 참가하게 됩니다. 단, 최우명 님이 귀환하게 될 경우 신규 거주자가 이주하기 전까지 약 1년가량 천국게임이 정지되니, 이 점을 감안해주시기를 부탁드립니다.]

사람들이 긴장 속에서 서로를 노려보는 것에는 천국게임의 룰 때문이었다. 천국게임은 100명 중 1명이 주 플레이어로 선정되어 나머지 99명의 타 플레이어들을 상대로 싸워야 한다. 그런데 이번 룰은 너무나도 주 플레이어에게 유리하게 설계되었다. 동작을 따라 하기만 하면 된다고?

이정서는 주변에 좌절해서 얼어붙은 거주자들을 바라보며, 중학교 3학년 때 음악 선생이 수업 시간에 이야기한 자기 첫사랑에게 불러준 노래의 가사가 무엇인지 묻는 문제가 출제된 중간고사가 떠올랐다. 그때도 같은 반 학생들은 시험에 집중하기보다는 도대체 왜 이딴 문제를 출제했느냐면서 시험이 끝나고 따지러 갈 생각뿐이었다. 그리고 그때와 지금의 또 하나 공통점이 있다면, 그때나 지금이나 따지러 간다고 해서 무언가가 달라질 리 없다는 것이었다. 당시 음악 선생은 수업에 얼마나 집중했는지를 확인하기 위해 낸 문제라고 변명했고 놀랍게도 그 변명은 교감의 인정을 받았다.

[이제 '나를 따라 해봐요 아바타 무브'의 경기장으로 이동 후 제50회 천국게임을 시작하겠습니다. 거주자분들은 모두 지정된 승강장으로 올라가주십시오. 또한 어떤 형태로건 물건이나 신체로 주 플레이어와 접촉할 경우에는 패널티가 작용되어 다음 천국게임 참가의 자격을 상실하니, 부디 이 점 숙지해주시길 부탁드립니다.]

인형탈을 쓴 관리 안드로이드들의 안내를 따라 체육복을 입은 거주자들이 쫄래쫄래 줄을 지어 어트랙션 안으로 들어갔다. 어트랙션 안은 한때는 알록달록했으나 이제는 때가 타기 시작한 장애물들로 가득 차 있었다. 두 세기 전의 TV 예능이 망하고 50주년 기념을 위해 일회성으로 촬영될 때 나올 법한 느낌이었다.

어떤 사람들은 시시덕거리고 어떤 사람들은 군소리를 내며 본 게임에 들어갈 준비를 했다. 이정서는 여느 때와 마찬가지로 인간들을 떠나 사랑스러운 강아지들 곁으로 돌아가고 싶었다.

✶

천국도에 들어오기 전까지 최우명은 잘나가는 집안의 한량이었다. 인공지능 정부가 세워지기 전까지, 최우명은 인맥을 만들 필요를 느끼지 못했다. 그는 인간관계의 줄기가 아니라 뿌리였으니까.

잘나가는 집안의 한량이 되기 전까지 최우명은 명망 높은 자산가의 한량이었다. 본인은 아무런 학벌도 직장도 없었지만 그의 가계에서 몇 대 올라가면 대한제국의 토지를 날계란 까먹듯이 먹은 조상이 작은 도시 하나 가까이의 부동산을 자손들에게 물려주었으니 일을 할 필요도, 남의 말을 들을 필요도 없었다.

"해봐, 해봐!"

하지만 지금은 사정이 달랐다. 99명의 사람이 춤을 추는 것처럼 팔과 다리를 발버둥을 치며 춤을 추면 그 모습을 기억해뒀다가 그대로 따라 해야만 했으니까. 99번 연속으로 해야 한다는 것을 감안하더라도 어려운 일도 아니었기에 최우명은 조금 흥겹기까지 한 기분으로 리듬에 맞춰 춤을 추었다. 몇 번 틀린 적도 있었지만 다시 기회가 주어졌고, 사람들이 떠올린 동작도 그렇게까지 어렵지는 않았기에 많이 틀려도 세 번째나 네 번째 시도에는 어렵지 않게 통과할 수 있었다.

이정서는 그런 최우명을 바라보며 위기의식을 느꼈다. 최우명은 벌써 61명째 타 플레이어의 동작을 따라 하는 데 성공했다. 이정서는 63번 승강장에 서 있었으니 곧 최우명을 만날 차례였지만 어떤 동작으로 최우명을 헷갈리게 할 것인지는 전혀 떠오르지 않았다.

종료 시각까지 아직 30분도 넘게 남았으니 이대로 가다가는 최우명이 천국게임의 승리자가 확실시되는 상황임에도, 최우명은 어느새 62번 승강장을 지나 이정서의 앞까지 다가왔다.

"야! 막아! 어떻게든 막아!"

"최소 3분은 붙잡아!"

이정서의 머릿속에 춤 좀 춰봤던 시기가, 그러니까 다솜 유치원 해바라기반에서 보냈던 나날들이 떠올랐다. 그때만 하더라도 그는 제법 신명 나게 살았다. 관절도 삐걱거리지 않았고 춤출 줄 아는 신동 소리를 들은 적도 있었다. 한번은 이정서가 춤을 추는 영상이 SNS에서 수만 가량의 추천을 받기도 했으니까.

그랬던 그지만 지금은 그냥 음악에 맞춰 허우적거리는 아저씨에 불과했다. 주변의 타 플레이어들이 모두 이정서에게 잘 좀 해보라고 역정을 냈지만, 사람 몸답게 움직이지 못하는 것은 어디까지나 이정서의 능력 부족 때문이었다.

동요처럼 흥겨운 멜로디에 이정서는 팔을 허우적

거리고 다리를 살랑거렸다. 덕분에 맞은편에서 꼬마 열차 위에 서 있던 최우명은 기분 좋게 웃으면서 그의 동작을 뚫어지게 바라보았다.

어쩌지? 어떻게 하면 되지? 이정서는 마음이 급해 어떻게든 인체공학적으로 불가능한 동작을 취해 보려고 애를 쓰면서 마지막 3초를 보내려 했다. 그리고 그 시도는 의외의 결과를 가지고 왔다.

퍽! 퍽! 이정서가 아무렇게나 휘두른 양 주먹이 두 번 연속으로 강렬하게 그의 코를 쥐어박아버리고 만 것이다.

“악! 아이고야… 아파….”

“피… 피가…?”

이정서 본인부터 기겁해서 코에서 흘러나오는 피를 손으로 훔쳤지만 이 상황에서 가장 놀란 사람은 다른 누구도 아닌 최우명이었다. 그는 제50회 천국 게임을 시작한 이후 처음으로 놀란 얼굴이 되었다. 그야 눈앞의 상대가 주먹으로 자기 코를 내리찍어서 쌍코피를 터뜨렸으니 당황할 만한 노릇이었다.

최우명은 이정서가 앞에서 보여준 동작을 어떻게든 따라 했지만 양 주먹으로 자기 코를 강하게 내리

칠 차례에는 몇 번 주저하다 그만 박자를 놓치고 말았다.

"저거야! 저렇게만 해!"

99명의 합성에 겁이 난 최우명은 그만 놀란 눈으로 주변을 둘러보았다. 모든 사람이 기분 나쁜 미소를 하고서 그를 노려보고 있었다. 드디어 타 플레이어들이 승기를 찾은 것이었다.

다시 춤 동작을 보여야 할 차례가 되자, 이정서는 저번처럼 코를 때려가며 피를 보지는 못했다. 덕분에 최우명은 어렵지 않게 64번 승강장으로 넘어갈 수 있었다. 하지만 이미 최우명을 괴롭힐 방법을 깨달은 사람들이 35명이나 남은 상황에, 그가 제때 게임을 완주할 길은 영영 요원해지고 말았다.

13

[오늘 부상을 입으신 분들 중 후속 조치가 필요하신 분들을 위해 의료 키트를 준비했습니다. 우선은 응급조치를 받으시고, 후유증이 염려되는 분들에게는 천국도 의료시설을 개방할 것입니다.]

피범벅으로 마무리된 제50회 천국게임을 마친 뒤 최우명은 주저앉은 코뼈를 치료하기 위해 병원으로 이동했다. 대부분의 의료기술이 자동화가 된 시기였고 설비도 최신식이었기에 치료에 탈은 없을 것이었다.

이정서는 조용히 코에 넣었던 스펀지를 빼버렸다.

피로 붉게 물든 스펀지를 보니 입맛이 확 떨어졌다. 더욱이 다른 거주자들이 이정서를 감탄의 눈빛으로 바라보는 꼴이 신경에 거슬려서 불편하게 식당으로 가고 싶지도 않았다.

최우명은 결국 천국게임의 승리자가 되지 못했다. '나를 따라 해봐요 아바타 무브'의 후반부가 될 때까지 최우명은 코뼈가 주저앉을 정도로 자신의 코를 쥐어박아야만 했다. 마지막에는 고통으로 울음이 멈추지 않아 주저앉기까지 했다. 바닥에다 머리를 박거나 너무 강하게 코를 때려서 판정이 먹통이 된 경우도 있었다. 관리 안드로이드는 다음에는 룰을 변경하겠다고 했고 이정서는 본의 아닌 영웅이 되었다. 도통 이 결과가, 이 상황이 마음에 들 리가 없었다.

"이정서 씨. 이정서 씨는 영웅이 되셔서 좋으시겠어요?"

"아… 전혀 그렇지 않습니다."

어느새 이정서의 옆으로 최윤이 다가와 힐난하는 어조로 말을 붙였다. 이정서는 최윤으로부터 평소보다도 훨씬 날것의 악의를 느꼈다.

"도대체 무슨 생각으로 최우명 씨가 스스로 자기 코를 쥐어박도록 만든 거예요?"

"순간적인 실수였어요… 그럴 생각은 없었어요. 제가 몸치라서 아무렇게나 움직이다 보니까 엉겁결에 제가 휘두른 주먹에 제가 맞았을 뿐이에요."

이정서가 0.001퍼센트의 거짓도 없이 말했다는 것은 분명한 사실이었다. 하지만 그가 그렇게 말한다고 해서 다른 사람들이 곧이곧대로 들어줄 리가 없다는 것도 분명한 사실이었다. 왜냐하면 최우명은 천국도에 오기 전부터 천국도의 거주민들에게 비호감의 대상이었기 때문이다.

"사람들이 최우명 씨를 싫어하기는 하죠. 하지만 그게 코뼈가 주저앉을 이유는 못되잖아요. 최우명 씨가 평소에 집안 돈이나 쓰면서 지낸 한량이었다? 이 섬에서 그건 흠이 되기 어렵지요. 친일파의 후손이다? 이 섬 거주민 중에 친일파 후손 비율이 제법 높을 텐데? 다들 최우명 씨가 친일 후손 재산 환수에 쌍수 들고 적극적으로 자기 집안 대대로 내려왔던 땅이나 건물을 국가에 되돌리고 유명 인사가 됐으니까 질색하는 거 아닙니까?"

*

그랬다. 최우명은 한량 짓을 하는 사이사이에 친일 후손 재산 환수와 독립운동가 후손 재조명에 일생을 바쳐왔다. 비록 세계를 통솔하는 인공지능 정부가 들어서며 개인에 의한 자본의 소유가 불가능해지고 모든 자본이 정부의 관리에 들어가게 되어서 그 활동이 중단되었지만 그 활동의 의의까지 지워지지는 않았다.

최우명의 코가 뭉개질 때까지 사람들이 자기 코를 쥐어박아 가면서 그가 천국게임에서 승리하지 못하도록 막은 데에는 분명 그에 대한 원한이 작동한 탓이었다. 천국도의 거주민들은 최우명 같은 사람을 보면 왜 나를 나쁜 사람처럼 보이게 만드느냐며 질색하다 못해 증오를 퍼부어왔던 것이다.

[저는 항상 제가 가진 재산이 운으로 제 손에 들어왔을 뿐, 제가 노력하거나 해서 얻은 것이 아니기에 소유권을 주장할 수 없다고 생각했습니다. 또한 제가 아닌 저의 조상이 저지른 과오일지언정, 역사적으로나 사회적으로나 불평등을 부르고 부당한

상황이 지속되고 있다면 제가 할 수 있는 최선의 선택은 그 과오를 인정하고 불평등과 부당함을 청산해 더 나은 세상으로 나아가기 위해 노력하는 것일 터입니다.]

최우명은 독립운동가 후손 재조명 사업으로 인해 국가 훈장을 받으면서 이렇게 인터뷰를 한 바 있었다. 겉으로 보기에는 훈훈하고 따스한 광경이었지만 이는 곧 다른 친일파 후손들을 도발하고 그들의 역린을 건드리는 일이기도 했다.

이후 최우명은 대부분의 자산가들에게 무시와 경멸을 받으면서 조롱의 대상이 되었다. 아무리 많은 시민이 그를 응원하고 지지해도 부자거나 부자에게 불필요할 정도로 과몰입한 사람들은 최우명을 바보 취급했다. 그리고 이러한 따돌림은 모든 부와 명예를 속세에 두고 온 천국도에서도 마찬가지였다.

✶

이정서는 최윤에게 손사래를 치면서 자신의 결백을 주장했다. 이정서는 자신이 강아지를 제외하고는 그렇게 상냥한 사람이 아니지만, 독립운동가의 후손을 지원하는 사람을 코뼈가 주저앉도록 만들 정도로 싫어할 사람으로 보이고 싶지는 않았다.

"감히 최우명 씨한테 비교할 정도는 아니지만, 저도 제가 물려받은 유산을 허투루 쓰기보다는 유기견 보호 사업을 통해 사회에 환원하려고 했고요. 저도 대단하게는 아니어도 착하게는 살려고 해요. 이번 일은 정말로 본의가 아닌 사고였어요."

최윤은 필사적으로 변명을 늘어놓는 이정서를 보며 웃었다. 아주 짧은 순간이었지만 입꼬리가 올라가는 모습을 들키고 만 것이다.

이정서는 부끄러움에 그만 땅을 파고 들어가 숨고 싶었다. 누가 보더라도 그 웃음은 비웃음이었으니까. 이놈의 천국도는 겉은 일반적인 섬의 모습을 하고 있으나 깊은 바닥은 철로 된 구조물이 떠받치고 있었으니 그조차도 무리였지만 말이다.

"내가 말했지만 웃기지도 않는 소리네요. 제 의도가 어찌 되었건 지금 코가 주저앉아 병원에 간 사람은 최우명 씨니까요. 됐어요. 잊어주세요."

이정서는 결국 스스로에 대한 변명을 포기했다. 다른 거주자들이 이정서를 그가 원치 않는 형태의 영웅처럼 여기는 상황에 최윤에게만은 달리 보이고 싶었지만, 애초에 스스로도 납득하지 못할 이야기였다. 그의 옆에 서 있던 최윤은 딱 한 마디를 더하고 다른 곳으로 발길을 돌렸다.

"이정서 씨. 이정서 씨는 참 이 천국에 어울리는 사람이네요."

14

돈만 많았던 부자들은 더 이상 서로를 참아주지 않기로 결정했다. 이 결정에 대해 사람들이 무식하다, 급이 떨어진다 등 이런저런 다양한 핑계가 있었다. 하지만 그 핑계들 사이에 숨겨져 있던 진정한 이유는 그 부자라는 놈들이 최우명이 주 플레이어로 참가했던 '나를 따라 해봐요 아바타 무브' 당시의 소동을 보고 돌아버렸기 때문이라는 것이었다.

43호 천국도의 거주민들은 아무런 눈치도 보지 않고 게임 중에 상대방에게 주먹질을 하거나 게임이 끝나고 난 뒤 보복을 하거나 하는 식으로 분풀

이를 했다. 처음에는 함께 이 섬을 빠져나가기 위해 협력하자고 모였던 그룹들도 이제는 대부분 와해되거나 명목상의 형태만 유지했다. 빈부격차라는 현상에 의존해서 아무런 재능이나 역량도 없이 그저 운이 좋아 남들보다 우위에 서 있던 자신의 위계를 너무나도 사랑했던 사람들에게 천국도에서의 삶은 한계 이상의 사회성을 요구했다.

이내 0.001퍼센트의 부자들은 무기력하게 길들여졌다. 부자들은 자신만만하던 옛적의 태도를 상상하기 어려울 정도로 위축되었다. 이 무기력함은 아무리 천국게임을 반복해서 진행하더라도 누구도 승리하지 못할 것이라는 확신에서 비롯되었다.

현실적인 생각이었다. 99.999퍼센트의 사람들은 바깥에서 세상을 통솔하는 인공지능 정부의 지도에 맞춰 안정적이면서도 새로운 삶을 살아가지만, 0.001퍼센트의 부자들이 이제 와서 그곳으로 돌아가기란 불가능에 가까웠고, 그저 냉소적인 태도로 자신들의 연약하고 가냘픈 자의식을 지키는 것이 가장 속 편한 선택지였다. 그렇게 돈만 많았던 부자들은 더 이상 서로를 참아주지 않기로 결정했고,

그들은 아무것도 바꾸지 못했다.

*

“우리가 부자였던 이유가 무슨 우리의 잘못이기라도 했어? 다 벌만하니까 벌었고 받을만하니까 받았던 돈이지. 인공지능이 세상을 발전시킨다지만 그 인공지능을 발전시킨 게 누구야? 돈이 순리대로 흐르도록 해서 필요한 곳, 인공지능 개발을 이끈 우리 아니야?”

천국도에서 그나마 바뀐 것이 있다면 도목사의 영향력이었다.

이정서는 퀭한 눈으로 몇몇 사람들과 앉아 도목사의 강론을 들었다. 도목사는 요즘 몇몇 인원만 모아 강론이라는 이름의 비밀 회동을 진행하고 있었다. 이정서는 그 회동에 제법 자주 불려 나갔다. 의외로 최윤은 이 비밀 회동에서 보이지 않았다. 아무래도 도목사 그룹의 핵심 인사들은 개별적으로 모임을 갖는 모양이었다.

“다른 천국도는 모르겠지만 이 섬은 특히 그래. 이 섬에 어디 진짜로 극악무도한 악인이 있나? 저기 앉아 있는 정서를 봐. 정서는 잘못한 게 없어. 돈이 많아서 개들한테 개밥 한번 비싼 걸 줬다고 미움 사서 여기에 왔어."

도목사가 진행하는 강론의 내용은 대부분 99.999퍼센트의 사람들의 무능함과 비도덕성에 대한 규탄이었다. 그리고 여기에서 0.001퍼센트의 부자들의 무결성을 증명하기 위한 보증물로 이정서를 호출하고는 했다. 이정서의 입장에서는 성가시기 짝이 없는 노릇이었다.

아닌 게 아니라 이 섬의 거주민 중에는 흉악하다 싶은 사람은 없었다. 0.001퍼센트의 부자들 중에는 마약왕이나 주가조작범 혹은 독재정권의 핵심 관계자들이 있음에도, 그런 사람들은 여기 43호 천국도에서는 찾아볼 수 없었다. 정말 악독한 범죄자들은 '천국건설법'으로 개설된 천국제도에서 다른 섬에 모아놓은 것이 분명했다.

그런 만큼 43호 천국도의 거주자들 사이에서는 우리가 큰 범죄를 저지른 것도 아닌데 왜 이곳에 와야만 했는가에 대한 불만도 커져만 갔다. 다만 그 불만을 온전하게 해소할 방법이 없었다. 관리 안드로이드들은 물리적으로 인간 개인이 대항할 수 없을 만큼 힘이 셌고 만약 많은 사람이 합심해서 관리 안드로이드를 하나 부수는 데 성공해도 다음 관리 안드로이드가 배정되고 끝날 일이었다. 섬에서 빠져나가거나 저항할 방법은 없었다.

결국 이렇게 쌓인 불만은 자연스레 도목사의 추상적이면서도 아전인수식의 강론으로 해소되었다. 아니, 해소되었다기보다는 보다 왜곡되고 억압된 형태로 축적되었다. 그리고 이는 자연스레 도목사의 섬 내 영향력 확대로 이어졌다.

"정서가 그런 점에서 대단하기도 해. 억울하게 끌려와서 무기력하게 지낼 만도 한데 임기응변을 발휘해서 게임을 승리로 이끌었잖아? 희희희. 우리의 승리도 이런 거야. 이 천국제도의 시스템을, 룰을 부정하고 해살을 놓는 거야."

도목사는 어느새 자의적으로 천국게임의 룰을 해석해서 거주자들에게 강론하고는 했다. 1 대 99의 싸움에서 99명 측이 이기면 그것이 천국제도 시스템에 대한 거주자들의 승리라는 논리였다.

이정서가 보기에는 이런 억지춘향이 또 없었지만 도목사와 그를 추종하는 거주자들에게 99명의 승리는 영광스러운 위업이자 자신들이 선택받았다는 증거로 여겨졌다.

도목사는 이번 강론에서도 그런 점을 강조해서 거주자들의 자존심을 보호하고 있었다.

"물론 우리가 천국건설법에 의해 이곳에 모이게 되었지만 말이야, 과연 바깥세상이 제대로 굴러가고 있을까? 인공지능은 이미 내적 모순에 빠졌는데, 자기반성이 가능할까? 자기반성이 불가능하다면 바깥세상의 사람들은 어떻게 움직일까? 답은 있어. 그리고 우리는 그걸 기다리기만 하면 된다. 바로 이거야. 세상이 바뀔 날이 온다!"

이정서는 도목사의 확신에 찬 저 '세상이 바뀔 날'에 대한 열망이 이해가 되는 동시에 이해가 가지 않았다. 결국 심판의 날이니 휴거니 하는 것들의 인공지능 판이니 도목사 같은 무리에서 흔히 떠올릴 발상이었다. 하지만 도목사의 저런 수동적인 기다림을 맹신하는 사람들이 많이 있는 이유는 무엇일까? 구체적인 내용은 텅 비었지만 확신은 꽉 차 있었다. 알 수 없는 노릇이지만 알고 싶지도 않고 알아봤자 불쾌하기만 할 것 같았다.

15

[43호 천국도의 정기독서토론회에 오신 참가자 여러분들, 환영합니다. 오늘 토론할 책은 《시간이동 윤리학에 대한 소고》입니다.]

이정서는 넓은 세미나실에서도 원형으로 의자가 배치된 한 가운데에 서서 기계적으로 환영사를 읊고 있는 토끼탈을 쓴 안드로이드를 바라보았다. 의자에는 대여섯 명의 참가자들이 책을 든 채 의자에 앉아 있었다.

천국도에서는 거주자들을 위한 다양한 문화프로그램이 구비되어 있었다. 어지간한 대학 커리큘럼이나 예술 아카데미와 비교해도 손색이 없는 구성이었다. 이정서는 다양한 문화프로그램에 참석하는 편이었고, 그중에서도 정기독서토론회는 그가 가장 좋아하는 프로그램이었다.

이정서는 속세에 있을 때 대학을 비롯한 교육기관 근처에는 가본 적도 없었다. 집에 돈은 있으나 딱히 하고 싶은 일도 없었기 때문이었다. 그런 그에게 천국도의 문화프로그램에서 접한 책과 음악 그리고 영화들은 그에게 크나큰 감동을 주었다. 밥만 잘 먹고 개밥만 잘 챙기면 되었던 인생에 새로운 자극을 받았던 것이다.

결국 그는 매주 43호 천국도의 문화프로그램을 다양하게 접하면서 뒤늦은 학구열을 불태웠다. 몇 년에 걸쳐서라도 천국도에서 제공되는 모든 문화프로그램을 다 듣겠다고 다짐하게 된 것이다.

"제가 《시간이동윤리학에 대한 소고》를 추천했었으니까 이번 사회는 제가 맡도록 하겠습니다. 언제나와 마찬가지로 다들 돌아가며 읽은 소감을 간단하게 말씀해주시면 그 다음에 토론을 진행할까 하는데, 다들 괜찮으시지요?"

최우명이 토끼탈을 쓴 안드로이드로부터 마이크를 건네받은 뒤 진행을 도맡았다. 관리 안드로이드들은 문화프로그램의 구성을 설계하고 내용을 확보했지만 정기독서토론회와 같은 프로그램은 이렇게 거주자들이 직접 운영을 맡기도 했다.

최우명은 정기독서토론회의 주도적인 참가자였다. 정확히는 그가 있었기에 이정서가 정기독서토론회에 처음으로 발을 붙인 것이었다. 이정서는 최우명에게 사과할 자리를 찾고 있었고 그에게 말 붙일 계기를 고민하다 결국 문화프로그램에 참가해 그를 만났다. 최우명은 덕분에 코가 좀 오똑해졌다고 너스레를 떨며 이정서의 사과를 받아주었다.

"저는 《시간이동윤리학에 대한 소고》라고 해서 진짜로 그런 학문이 있는 줄 알고 읽기 시작했는데요. 시간이동윤리학이 작가가 작품 안의 세계에서 만든 이론이고 이와 관련해서 학술적으로 내용을 전개하는 점이 참신하다고 느꼈어요. 이런 기법도 있을 수 있구나 싶어서요."

최윤이 밝은 목소리로 작품에 대한 감상을 이어나갔다. 정기독서토론회에는 최윤도 나오고 있었다.

이런 모임에 참가하는 사람들은 다 거기서 거기인지라 다들 매번 보는 얼굴만 반복해서 보았다.

"작품의 주제나 결말을 보면 최우명 씨가 왜 이 책을 추천하셨는지도 알 것 같고요. 어떤 의미로는 천국도의 상황과 무척 닮았잖아요? 시간여행이라는 장르적 소재를 파고들어 간 점도 매력적이기는 했지만요."

정기독서토론회는 43호 천국도에 거주하는 사람들 중에서도 미움받는 사람들이 많이 모여 있었다. 잘난 척을 한다거나 착한 척을 한다거나 하는 뒷말이 나오는 사람들이라고나 할까. 미움받지 않는 다른 거주자들은 골프나 요트처럼 속세에서 즐긴 스포츠나 모임을 요구했으나 관리 안드로이드들의 거절로 그저 멍하니 시간을 보낼 뿐이었다.

이정서는 계속해서 자신과 함께 지낼 사람들이 누구인지가 정해진 것이 아닌가 싶었다. 최우명이나 최윤을 비롯해서 다들 비교적 말이 통하는 사람들이 모여 있어서 다행이지 싶기도 했다.

"안녕하세요. 저는 이 작가의 책을 처음 읽었는데요. 사회에 있을 때 좀 많이 읽어놓을 걸 그랬다 싶어 좀 아쉬웠습니다."

곧 이정서의 차례가 왔다. 그는 점잔을 빼는 목소리로 다른 참가자들에게 감상을 말했다.

스스로가 감상을 제대로 이야기하고 있는지는 자신이 없었다. 분명 책을 읽기는 했지만 별다른 교양이나 배경지식이 없이 막무가내로 읽은 것이 부끄럽고 다른 사람들이 뒤에서 손가락질을 하지는 않을까 긴장되었기 때문이었다. 하지만 언젠가는 더 나은 사람이 될 수 있지 않을까. 이정서는 그렇게 기대하며 말을 이어나갔다.

16

"자기를 위해 탈출 멤버 자리를 준비했어. 우선은 말없이 끌어들였지만, 이거 다 자기 잘되라고 한 일이야. 알지? 이제 이런 인생은 끝이야!"

정기독서토론회가 끝난 뒤, 이번 회차의 게임이 시작되기를 기다리던 이정서는 갑자기 황선영에게 붙잡혀서 건물 뒤로 끌려갔다. 그곳에는 도목사와 최윤을 포함, 그룹의 핵심 멤버들이 두 사람을 기다리고 있었다. 이들은 천국도에서 벗어날 계획을 준비하고 있었던 것이다.

이정서는 화들짝 놀라 도목사를 바라보았다. 간신

히 천국도에서도 나름의 즐거움을 찾는 데 성공한 차였고 이곳을 나갈 생각이 없었다. 오히려 천국도처럼 생활의 편의를 봐주는 곳에서 나가 속세로 돌아갔을 때 무슨 일을 할 수 있을까가 더 우려될 뿐이었다.

거주자들은 속세로 탈출하더라도 0.001퍼센트의 부자의 삶을 되찾을 수 없었다. 세계를 통솔하는 인공지능 정보의 감시망을 피해 다니는 도주자 신세에, 다시 붙잡혀서 천국도에 돌아오지나 않을까 염려하고 지내야 할 팔자였다. 이들 대부분을 떠받들던 주변 사람들도 다시 그들을 보살필 이유가 없었고 고발이나 하지 않으면 다행일 노릇이었다. 아무리 따져보더라도 이 탈주 계획은, 이들의 기대는 현실적으로 보이지 않았다.

"황 선생님. 제가 밖으로 나가서 무슨 일을 하겠습니까?"

"정서 동생, 할 거야 많지!"

하지만 도목사와 그 무리는 이곳을 나가서도 하나도 문제 될 것이 없다는 듯 기대로 가득 찬 표정이었다. 이정서는 상대에게서 사람의 말을 듣지 않는 신도들 특유의 과장된 확신을 느꼈다.

"아니, 평생을 도망자 신세로 살면서요?"

"그러면 어쩔 거야. 아무런 재미없이 그냥 이곳에서 계속 지내려고? 엎드려 비느니 서서 죽자고! 아니, 죽지도 않을 거야. 문제가 생겨도 섬에 돌려보내는 것 외에 쟤들이 뭘 할 수 있겠어?"

이정서가 속세로 돌아가서 하고 싶은 일이 많은 것은 분명한 사실이었다. 하지만 그는 천국제도를 나가 위법을 저지르며 사람들의 시선을 피해 다닐 자신이 없었다. 그럼에도 그의 귀에 황선영의 이야기가 솔깃하게 들리는 것은 어쩔 수 없었다. 도목사나 황선영 그리고 최윤은 속세에서 비열하고 잔인한 사람이었을지언정 멍청한 사람은 아니었기 때문이다.

"자기. 자기가 걱정하는 게 이해는 가. 세계를 통솔하는 인공지능 정부가 두려울 만도 하고. 그런데 이 도목사님께서는 말이야. 세계의 비밀을 알고 계신 선지자거든."

이정서는 실망한 기색을 감추지 못했다. 황선영이 확 신용도가 떨어지는 단어를 골랐기 때문이었다. 그가 거리를 두는 반응을 보이자, 그룹의 한 가운데에서 있던 도목사가 입을 열었다. 그리고 그 내용은 제법 설득력이 있는 이야기였다.

"희희희. 정서. 바깥세상에서 화폐는 아무런 의미가 없게 되었지. 그렇다면 돈이 사람들을 지배하지 못하는 세상에서는, 세계를 통솔하는 인공지능 정부가 등장한 시대에는 이제 무엇이 사람들을 지배할까? 그건 바로 정보야. 우리가 여기에 왜 왔지? 사람들이 싫어할 법한 우리의 정보가 노출되었기 때문이었지. 이제 우리의 무기는 정보가 될 거야. 누군가가 저지른 범죄에 대해, 잘못에 대해 얼마나 알고 있는가, 세계를 통솔하는 인공지능 정부가 알면 질색할 누군가의 정보가 그 누군가를 지배하는 시대가 된 거지.

나는 바깥세상에서 제법 많은 사람과 교류하고 지냈어. 적잖은 사람들이 내 말에 껌뻑 죽었지. 정치인이고 기업가고 다 나한테 이런저런 상담을 해왔다는 말이야. 내가 아는 그 사람들의 비리만 해도 얼만지 알아? 내 입이 한 번 뻥끗만 해도 세계를 통솔하는 인공지능 정부는 이 천국도와 같은 섬을 100개는 더 만들어야 할걸?"

도목사는 손날로 목을 긋는 제스처를 했다. 다음

으로는 이정서도 알 법한 유명 인사들이 숨겨놓은 어두컴컴한 비밀을 자랑하듯 열거했다. 당사자라면 이 사실이 폭로되는 것이 두려워 무슨 일이라도 할 수 있을 법한 끔찍한 이야기들이었다.

"애초에 천국건설법이 투표를 통해서 천국도에 올 사람들을 뽑은 이유부터가 그거였어. 서로가 서로를 폭로하도록 유도하는 거였지. 하지만 개뿔. 왜 취지와는 다르게 정서같이 유기견 보호 사업을 하거나 최우명이처럼 독립운동가 발굴 사업을 한 선량한 시민들이 천국도에 왔는지 알아?

0.001퍼센트의 후보에 들어간 놈들 중 못 되어 처먹은 놈들이, 자네같이 나쁜 짓을 저지르진 않았지만 비호감인 사람들이 더 표를 받도록 심사위원의 비리를 갖고 협박해서야."

도목사의 폭로에 이정서는 충격을 받았다. 이제까지 자신이 품어왔던 의구심들이 모조리 다시 떠올랐다. 아무리 자기가 강아지들에게 1++ 소고기를 먹였다고 해도 천국도에 갇히는 것은 너무 잔인한 처사가 아닌가 했는데, 이런 맥락이 있었다면 납득이 갈 수밖에 없었다.

이정서가 찍은 영상은 SNS에서 급격한 속도로 유포되었고, 이정서는 인류애 파산한 미친 개또라이 갑부로 낙인이 찍혀 사회적으로 매장되기 일보 직전까지 갔었다. 그리고 천국건설법의 제정이 그 모자란 일보가 된 덕분에, 그는 천국제도에 갖다버려질 재수 없는 인간 순위 리스트의 상위권을 즉각 차지해 사회적으로 매장되는 데도 성공했다. 그리고 이 모든 과정은… 너무나도 작위적이었다.

"정서에게 같이 탈출을 하자고 하는 이유는 하나야. 어딜 보더라도 애먼 사람이 끌려왔기 때문이야."

도목사는 입가를 손으로 훑은 뒤 이 권유의 이유에 대해 설명했다. 이정서의 폐부를 찌르는 권유였다. 정신적인 의미만이 아닌 물리적인 의미까지 양면에서 말이다. 도목사의 옆에 서 있던 황선영은 이정서의 허리춤에 플라스틱을 깎아서 만든 날붙이를 들이댄 뒤, 딱 한 마디를 더하는 것으로 대화의 종지부를 찍었다.

"자기. 여기까지 듣고서도 자기가 거절하면 자기는 다양한 의미에서 천국에 어울리는 사람이 될 거야. 그래도 괜찮겠어?"

17

“거 붙지 좀 마요. 남들이 보면 우리가 친구인 줄 알겠다.”

“정서 동생과 나 정도면 친구 맞지. 절친이지, 절친. 아니라고 하는 사람 있으면 이걸로 찔러줄게.”

황선영은 웃으면서 어떻게 만들었을지 모를 플라스틱 칼로 이정서의 허리를 훑었다. 이정서는 체념한 표정으로 두 손을 낮게 들어 보였다. 황선영은 알아도 주변이 눈치채지는 못할 만큼 낮게.

도목사 그룹이 이정서를 강제로 협박하여 패거리에 끌어들인 뒤 얼마 지나지 않아 이번 회차의 천국게임이 시작되었다. 관리 안드로이드들은 도목사 그룹에 이정서를 비롯해 몇몇 멤버들이 더해진 상황에 위화감을 느끼지 못하는 듯했다.

이정서는 조금이라도 틈이 보이면 관리 안드로이드에게 도목사 그룹의 탈출 계획을 폭로하려고 하였으나, 황선영의 칼끝은 이정서를 놓치는 법이 없었다. 결국 이정서는 도목사 그룹의 멤버들과 함께 줄을 지어서 천국게임의 경기장으로 입장할 수밖에 없었다.

"최윤 씨. 아무래도 제가 도목사 그룹에 있기는 해야겠네요."

"저는 이 상황마저 반대하는 건 아니에요. 조금 있으면 대소동이 일어날 예정이고, 그때 도목사님이 다치지 않도록 옆을 지켜줄 사람은 다다익선이니까요."

최윤은 웃음기 없는 표정으로 이정서의 비아냥에 대꾸했다. 이정서는 빈정이 상해 투덜거리기를 멈추지 않았다.

"거, 인간 방패 노릇을 하라는 이야기를 참 곱게도 표현하시네요."

"어머. 이정서 씨는 단순한 인간 방패가 아니에요."

"복잡한 인간 방패라고 뭐 별거 있습니까요?"

"세계를 통솔하는 인공지능 정부의 부당한 탄압을 받은 피해자로서의 상징성도 있잖아요. 천국제도 바깥으로 데려가겠다는 것은 진심이니까 의심하지 않아도 되어요."

"인간 방패를 하다 제가 죽기라도 하면요?"

"말했잖아요. 피해자로서의 상징성이라고."

사전동의도 없이 사람을 간판 취급하다니. 이정서는 최윤과 도목사 그룹이 영 괘씸했지만 관리 안드로이드는 멀고 플라스틱 칼은 등에 붙어 있었다.

관리 안드로이드들은 아예 게임 안내를 위해 무대를 위해 올라갔고 이정서는 앞으로 무슨 일이 벌어질지 아무런 짐작도 못 한 채, 그저 대 난동의 징조만 느낄 뿐이었다.

[오늘의 천국게임은 '데굴데굴 인간볼링'입니다. 주 플레이어는 남기현 님이십니다. 룰은 다음과 같습니다. 주 플레이어는 여기에 보이시는 대형 볼링핀 안에 들어가….]

이번 회차 천국게임의 룰에 대한 안내가 시작되는 순간, 도목사가 작게 읊조렸다.

"위다."

✶

이정서는 위를 바라보았다. 그곳에는 헬기가 지나가고 있었다. 이상한 일이었다. 천국제도가 아니라면 근처 상공에 헬기가 지나가는 일이야 흔한 일이겠지만, 바다 어딘가에 떠 있을 이 머나먼 섬까지 활공할 수 있는 헬기는 있을 리 없었으니까.

도목사 그룹 외에도 어색한 낌새를 느낀 사람들이 하늘을 바라보며 웅성대기 시작했다. 그리고 그 헬기에서부터 작은 점 몇몇이 내려오기 시작하자 소란은 더더욱 커져갔다.

황선영은 이정서를 휙 끌어다가 도목사 앞에 세웠다. 아무래도 이제부터 시작인 듯싶었다.

[여러분, 집중해서 룰의 설명을 들어주시길… 길?]

무대 위에 서 있던 토끼 안드로이드는 경고 문구를 읊다가 그만 도돌이표가 찍힌 악보처럼 문장을 반복했다. 이정서는 경비용 안드로이드가 오작동을 일으킨 것이기를 바랐지만 그럴 일은 없었다. 그 안드로이드의 두부 한 가운데에 커다란 구멍이 하나 뚫려 있었으니까.

[화기에 의한 피해 발생. 제3호 긴급 명령을 발동합니다.]

주변에 서 있던 관리 안드로이드들은 긴급하게 이 상황에 대응하고자 했지만 별다른 무기가 없었기에 저 높은 상공에서 정밀하게 겨냥된 저격탄에 속수무책으로 파괴되고 말았다. 반면 사람들이 비명을 지르면서 경기장 바깥으로 도망치는 와중에도 도목사와 그의 동료들만은 웃으면서 하늘을 향해 손을 흔들어 보였다.

이정서도 도목사의 시선이 향한 곳을 바라보았다. 그곳에서는 검은색 군사 장비로 중무장한 공수부대가 낙하산을 타고 경기장을 향해 강하하고 있었다.

"왜 하필 지금 이 시간에 오게 한 거예요? 사람들이 다 당황해서 아비규환이 되었잖아요!"

"희희희. 질문이랑 답을 함께 말했구만. 사람들이 다 당황해서 아비규환이 되었으니까 우리를 건드리기 어렵지 않은가. 무엇보다 관리 안드로이드 중 절반 가까이가 이 경기장에 모여 한 번에 소탕하기도 쉽고."

도목사 그룹을 제외한 거주자들 대부분이 도망쳤

을 무렵, 중무장한 공수부대는 주변을 경계하며 도목사 쪽으로 걸어왔다. 도목사는 의기양양하게 두 팔을 벌려 멀리에서 오는 공수부대를 환영했다.

"전쟁이란 게 있던 시절의 A급 특수부대야. 조금 전에 헬기에서 강하하고 근처에서 잠복하고 있었지. 퇴역 후 자료도 말소되어 신분을 세탁하고 지냈는데, 히히, 10년 전에 저치와 그 윗선들이 했던 짓이 밝혀지면 세계를 통솔하는 인공지능 정부는 저들만을 위한 천국건설법을 제정해야만 할걸?"

황선영은 대단하지 않냐는 듯이 이정서에게 읊조리고는 플라스틱 칼을 그의 등에서 치웠다. 하지만 그 대단하다는 특수부대원은 아무런 말 없이 도목사를 향해 총을 발포했다. 소음기가 달린 총구에서 바람 빠지는 소리와 함께 쏘아진 총알이 도목사의 가슴을 관통했다.

"어… 어?"

"제1 타겟 관통. 다들 꼼짝도 하지 마."

✶

"당신들은 모두 옆에서 얌전히 있어. 손도 하나

까딱하지 말고."

무장 세력은 육체 최적화 시술 덕에 간신히 죽지 않은 채 피를 흘리면서 신음하는 도목사를 내버려 둔 채 이정서와 그룹의 사람들이 양손은 깍지 낀 채 뒤통수에 올려놓고 무릎을 꿇고 앉아 있도록 유도했다. 다들 대항할 방법이 없었기에 잠자코 무장 세력의 지시를 따랐다.

"우리는 말이야, 당신들을 죽이려고 온 사람들이 아니야. 알겠어? 도목사. 도목사랑 그 측근들. 거기까지만 우리의 타겟이야."

망할 놈, 착하게 좀 살지. 순식간에 상황을 이해한 이정서는 혀를 차면서 그렇게 생각했다. 도목사가 감추고 있는 유력인사들의 비밀은 예전까지는 유력인사들이 그를 지켜줄 이유였지만 지금으로서는 그를 지워버려야만 하는 이유였던 것이다.

섬에 침입한 무장 세력은 도목사의 연락을 받은 유력인사가 모집한 특수부대가 아니었다. 도목사의 연락을 받은 유력인사가 모집한, 도목사를 죽이기 위해서라면 기꺼이 천국도에 잠입해서 살인을 저지를 수 있을 만큼 그에게 깊은 원한을 가진 피해자들이었다. 도목사는 천국도에 들어가기 전까지 가능한 한 모든 꼼수를 써서 핵심 관계자를 같은 섬에 배정하고 몰래 숨겨놓은 통신기를 반입하는 데는 성공했지만, 그의 역량은 딱 거기까지였다.

"여러분들, 이러시면 후회할 겁니다. 제발 총구를 거둬주세요."

"당신. 아직도 상황 파악이 안 되나? 우리는 지금 바깥세상에서의 삶을 포기하는 한이 있더라도 저 개자식 하나 죽이려고 온 사람들이야."

"알아요. 알지만…."

도목사의 그룹에서 유일하게 최윤만이 무장 세력의 앞을 가로막고 그들을 만류하였다. 언제나 도목사를 위해서라면 자기 목숨도 바칠 수 있다고 호언하던 황선영이나 다른 핵심 멤버들은 엎드려서 벌벌 떨고만 있었다.

"이 사람은 무시해. 리스트부터 우선하자고. 황선영이 있고. 또 김칠웅이. 안요나. 여기 애들이네."

무장 세력의 리더로 보이는 사람이 도목사 그룹에서 몇몇 사람의 이름을 호명하며 끌어다가 쓰러진 도목사의 옆에다 앉혔다. 하나같이 도목사의 뒤를 졸졸 쫓아다니던, 충신 중의 충신들이었다.

"살려주세요, 살려주세요…. 저는 도목사가 시키는 대로만 했어요."

"시키는 대로 했으면 그 많은 사람의 가정을 망가뜨리고 빚쟁이로 만든 죄가 사라져? 내 딸이 돌아와?"

"네가 그 도사놈 밑에 붙어서 죽여놓고선 자살로 몰아간 사람이 우리 아빠 하나야? 내가 아는 사람만도 열 명이 넘어!"

"이런 놈들에게 천국제도와 같은 두 번째 기회가 주어진 게 믿을 수가 없어. 세계를 통솔하는 인공지능 정부가 없었더라면 사람들의 손에 의해 길가로 끌려와서 사지가 찢겨 죽였을 이런 놈들에게는 과분한 일이야."

무장세력의 사람들이 황선영을 위협하기 시작하자 리더는 그들을 만류했다. 하지만 그 만류는 황선영을 위한 일이 아니었다.

"화내지 마. 이 자식이 무슨 잘못을 했는지 정리할 필요도 없어. 굳이 읊어줄 만한 가치도 없는, 뻔한 악인에 불과한 놈이야. 나열하는 것조차 따분할 수준의 그런 불량배 중 하나일 뿐이라고."

"압니다. 압니다만…."

"말이 통하는 인간이 아니야. 아니, 인간이 아니야. 그냥 빨리 죽이고 돌아가면 될 일이야. 오기 전부터 약속했잖아? 감정 섞지 않고 머리에 총알만 박고 오겠다고. 남은 감정은 돌아와서 추스리자고. 그러니까 흥분하지 마. 누가 누굴 죽일 것인지도 합의한 대로 진행해야 해."

리더는 황선영을 비롯해 도목사 그룹의 핵심 멤버들을 줄지어서 엎드리게 했다. 그리고 무장 세력에서도 가장 흥분했던 사람들이 그들의 앞에 서서 뒤통수에 총구를 겨누었다.

"셋을 세고 쏘는 거야. 이 사람들에 대한 원망이나 증오를 여기서 하나하나 쏟아낼 필요 없어. 고문하고 괴롭힐 것도 없어. 깔끔하게 죽이고 돌아가서 풀면 되는 거야. 그러니까. 셋… 둘…."

"저저… 저기요!"

무장 세력은 갑작스레 자신들의 총구 앞을 가로막은 사람을 보고 다시 짜증을 냈다. 이정서였다.

"한 번만, 한 번만 봐주세요. 여기는 천국도잖아요. 이 사람들 죗값을 치르고 있는 거잖아요. 여러분들이 피를 묻혀서는 안 되잖아요."

"넌 뭐야? 네가 뭘 아는데?"

"아무도 아니에요. 도목사랑 친하지도 않아요. 아는 것도 없어요. 그런데, 그런데… 아무것도 모르는데…."

이정서는 자신이 왜 뛰쳐나왔는지 스스로도 알 수 없었다. 그저 최윤의 슬픈 눈빛이 싫었던 것 같은데, 그것만으로는 납득이 가지 않았다. 하지만 그의 말이 그보다 앞서서 스스로의 마음을 이해하고 있었다.

"저는요. 도목사도 모르고 여러분들도 몰라요. 그런데 제가 아는 게 하나 있어요. 그건 바로 유기견이에요. 제가 속세에서는 유기견 보호 사업을 했거든요.

그런데 그 유기견들을 돌보다 보면 사람이 버려서 방치된 강아지만이 아니라, 보호자가 죽어서 갈 곳이 없어진 강아지들도 만나게 돼요. 사랑받고 사랑할 줄 알지만 사랑할 대상이 사라진 강아지들을 만나요.

개줄에 묶여 꼼짝도 못 한 강아지들, 길가에 방치되어 쓰레기를 먹고 살아야 했던 강아지들, 투견처럼 지내던 강아지들, 이런 힘든 삶을 보냈던 강아지들도 언젠가는 마음을 열어요.

하지만 가족을 떠나보낸 강아지들은 달라요. 사회성이 떨어진다는 이야기는 아니에요. 다른 강아지들과도 잘 지내고 훈련사들과도 잘 지내니까요. 그런데 이런 강아지들은 마지막의 마지막 순간까지 들여보내주지 않는 선이 있어요.

여러분을 보면 그런 강아지들이 떠올라요. 왜일까요? 왜 그런 강아지들이 떠오를까요? 저는 여러분들을 모르는데. 여러분들이 겪은 아픔을 알지 못하는데. 하지만요. 하지만 그래도요. 저는 여러분들을 지켜드리고 싶어요.

여러분들이 돌이킬 수 없는 실수를 하지 않게 돕고 싶어요. 여러분들의 마지막 선 안에 들어가고 싶은 게 아니에요. 항상 그 마지막 선의 경계에 서 있지 않아도 되게 돕고 싶어요. 그런데 저도 제가 무슨 말을 하고 있는 것인지는 모르겠어요. 죄송해요. 죄송해요…."

이정서는 울먹이면서 계속해서 무어라 말을 쏟아내었다. 도목사처럼 지켜줄 가치가 없는 사람을 지키고자 나선 것은 아니었던 것 같았다. 이정서가 지키고 싶은 사람은 총구가 겨냥하는 대상이 아니라 총구를 겨누고 있는 대상이었던 것 같았다.

무장 세력들은 이정서가 쏟아낸 횡설수설에 좌우되지는 않았다. 그들은 이정서의 의도에 동요하기는 했지만, 이정서의 논리에 설득되지는 않았다. 무장 세력 중 몇몇이 이정서를 들어다가 멀리에 치워버렸다.

[경고. 경고. 여러분은 이 섬에 허가되지 않은 상태에서 불법 총기를 소지하고 침입하였습니다. 즉시 무장을 해제하고 경비용 안드로이드의 지시와 안내를 따라주시기를 요청합니다. 이를 따르지 않을 경우, 경비용 안드로이드의 물리적 제재가 뒤따를 수 있습니다.]

하지만 이정서의 노력은 나름의 성과가 있었다. 그가 시간을 끄는 사이 섬의 보다 깊숙한 곳에 배치되어 있었던, 화기 대응용 중장비 안드로이드들이 현장으로 출동하였던 것이다.

"정지! 잠입수사 중이던 3급 천국관리자 최윤이다. 지금 침입자들은 저항의 의사가 없어. 위협하지 않아도 좋으니까 천천히 다가와."

일촉즉발의 긴장 속에서, 최윤이 경비용 안드로

이드를 향해 배지를 들어 보이며 자리에서 일어났다. 이정서도, 무장 세력도, 도목사 그룹의 사람들도 놀란 눈으로 그를 바라볼 뿐이었다.

18

"이정서 씨. 사과라도 드시겠어요?"

최윤은 병실 구석에 놓인 과일바구니에서 사과 하나를 꺼내고는 손 안에서 굴렸다. 이정서는 침대에 앉은 채 고개를 저어 거절의 의사를 밝혔다. 최윤은 과도로 사과의 껍질을 깐 뒤 자기가 먹을 만큼만 잘라 접시 위에 놓았다.

한밤중의 총격전이 마무리된 뒤, 이정서를 비롯한 거주자들은 천국제도의 병원으로 실려가 진단을 받게 되었다. 이정서는 별다른 부상을 입지 않았지만 일단 사정 청취를 위해서라도 병원에 머물렀다.

최윤은 천국관리자의 자격으로 이정서와 같은 병실을 배정받아 그간 있었던 일들에 대해 설명하는 시간을 가졌다.

천국도에 숨어들었던 무장 세력들은 증원 경비용 안드로이드들이 현장에 도착하자 길게 저항하지 않고 항복을 선언했다. 결국 그날 죽은 사람은 아무도 없었다. 이정서는 무장 세력들이 살인을 저지르지 않도록 막은 것이 과연 잘한 일이었는지, 자신에게 그럴 자격이 있었는지를 고민하느라 날밤을 새우고 말았다.

"그러게, 제가 뭐랬어요. 그룹에서 나가달라고 했잖아요."

이정서는 최윤의 태도에 어이가 없었다. 분명 처음 만났을 때 뉘앙스는 그런 의도로 읽히지 않았음이 분명했음에도 저렇게 말하다니. 하지만 최윤의 의도가 이해가 가지 않는 것은 아니었다. 그는 그 나름대로 이정서가 도목사를 가까이하다 큰 변을 당하지 않을까 염려해서 한 이야기였으니까.

이정서는 이제까지 도목사의 최측근을 자처하며 그룹 내 활동에 참가했던 최윤을 떠올리면서 감탄하는 동시에 소름이 돋았다. 도목사가 가진 위험성을 가장 잘 이해하고 있으면서 신분을 위장해 거주자들을 관리하고 있었다니.

43호 천국도에는 100명의 거주자가 있다. 물리적으로 어떤 위험이 터져 나올지 모를 일이다. 하지만 그 안에 거주자로 위장한 관리자 1명이 다른 99명을 관찰하고 있다면 그 위험성은 크게 줄어든다. 특히 99명 모두가 별 관심을 두지 않을 평범한 인물이라면.

아니, 굳이 99명 전원과 거리를 둘 필요도 없다. 최윤은 최우명이나 이정서처럼 저위험군의 거주자들이 도목사와 같은 고위험군 그룹에 속하지 않도록 경계했고, 고위험군 그룹의 사람들만 관찰해도 사전에 문제를 방지할 수 있도록 상황을 이끌었다.

이정서는 한숨을 쉬었다. 최윤의 과도한 까칠함이 이제야 납득되었기 때문이었다. 어디 다른 누군가가 다칠 위험을 줄이기 위해 자신이 이 섬에 계속해서 갇혀 지내겠다는 것이 쉬운 선택이겠는가. 오히려 감탄하고 존경스러울 지경이었다.

세계를 통솔하는 인공지능 정부가 천국건설법을

선포했을 때는 이 정신 나간 부자들을 데려다놓고 무슨 좋은 꼴을 보려고 이러나 싶었다. 하지만 이 천국건설법에는 최윤이 맡은 천국관리자 같은 직책처럼 아직 이정서나 다른 사람들이 알지 못하는 시스템이 숨겨져 있는 것이 분명했다.

"최윤 씨."

이정서는 자세를 고쳐 앉은 뒤 최윤을 바라보았다. 최윤은 별 생각 없는 표정으로 그를 내려다보고 있었다. 음. 물어보고 싶은 것은 많은데 어디에서부터 출발해야 한담.

"앞으로도 이 섬에 계실 건가요?"

"아니요. 신분이 발각되었으니 섬 바깥으로 돌아갑니다."

"그럼… 저는요?"

최윤은 이정서의 질문을 듣고 웃었다. 예전과는 달리 아무런 위장이나 거짓 없는 대화였다.

이정서는 자신이 질문을 잘못했는지를 잠시 고민했다. 하지만 최윤은 이정서가 질문한 의도 또한 알고 있었기에 어렵지 않게 답변했다.

"이정서 씨는 이곳에 계실 거예요. 도목사와 탈출

을 시도한 사람들은 다른 섬으로 갑니다. 천국도에 침입한 무장 세력분들은 재판을 위해 속세로 내보내질 것이고요. 유감이네요."

"괜찮아요. 탈출 시도를 빌미로 더 험한 곳으로 보내지거나 하는 게 아닌 것만으로도 안도했어요."

"다행이네요."

이정서는 최윤과의 대화가 평소와 마찬가지로 길게 이어지지 않는다는 점에서 안심 아닌 안심을 했다. 무슨 이야기라도 해야겠다는 강박에 일단 말을 걸었다가 대화가 이어지지 않는 답변을 들었던 것이 그냥 이 사람의 원래 스타일이라는 것을 이해하니 오히려 마음이 편해졌던 것이다.

"혹시 제가 섬에서 나갈 일은 없을까요? 도목사가 말한 대로 제가 이 섬에 오게 된 이유가 저의 부정이 아닌 다른 0.001퍼센트 부자들의 투표 조작에 의한 것이고 선정 과정에 문제가 있던 것이라면…."

"아마 그럴 일은 없을 거예요. 원래는 기밀 사항이지만 이 경우는 특수하니 설명을 조금 드리는 편이 낫겠군요. 이정서 씨가 SNS에서 다른 사람들의 미움을 살 발언을 한 것은 이정서 씨가 천국도에 오시게 된 결정적인 원인이 아니에요. 그보다는 탈세가 문제였죠."

"탈세요?"

이정서는 어처구니가 없다는 듯 최윤을 바라보았다. 탈세라니. 이정서는 돈 계산도 하기 귀찮아 유산을 물려받을 때부터 도움을 받았던 사람에게 대부분의 일을 떠넘긴 채 살았다.

"이정서 씨 본인은 아니고, 이정서 씨의 부모님이 돌아가시기 전에 유산 배분 과정에서 불법에 한없이 가까운 편법과 편법으로 보이는 불법을 여러 가지 저지르셨어요. 그리고 그때 설계를 해주신 분을 이정서 씨가 계속 고용하셨죠?"

"아니, 그게 참… 그렇군요."

"뭐, 잘하면 벌금 정도로 끝날 일이 SNS에 올린 영상 덕분에 심사에서 좋지 못한 인상을 준 탓에 가중처벌로 끝나긴 했지만요. 어쨌든 천국게임에서 승리하는 것으로 섬을 나올 수 있을 거예요."

"최윤 씨는 제가 천국게임에서 승리할 가능성이 없다는 것도 아시잖아요. 도목사 말처럼 천국게임에서 승리하는 법이 상대가 져주는 방법뿐이라면, 그룹이 와해된 지금은 그 가능성이 아예 사라진 것 아니겠어요?"

최윤은 먹던 사과를 그릇 위에 놓고서 이정서를 바라보았다. 그 눈빛에는 이해할 수 없는 장난기가 담겨 있었다.

"저는 천국도에서 나갈 예정이에요. 도목사가 탈출을 시도하다 붙잡혔고 그가 숨겨놓았던 비밀을 수사할 증거들을 찾았으니까요. 그러니 이정서 씨가 천국도에서 나오시면 좋겠네요."

"어…."

"그러니 이정서 씨가 천국도에서 나오시는 데 성공하면 연락해주세요. 바깥에서는 친하게 지낼 수 있을지도 모르니까요."

이정서는 최윤의 말투에서 불투명한 감정을 느꼈다. 결국 그는 이후로 잡다한 대화를 나누면서 최윤과의 이별을 준비했다.

19

"아니야… 이건 아니야!"

도목사는 비틀거리며 발걸음을 옮겼다. 숨이 차서 입을 크게 벌려 헐떡이지만, 호흡은 돌아오지 않았다. 운동장의 천장에서는 다시 거대한 기계 갈고리가 내려와서 도목사를 붙잡으려 했다. 그는 몸을 굴려 기계 갈고리를 피했다.

결국 도목사는 탈출에 실패한 뒤 87호 천국도로 이주를 당했다. 그곳에는 그의 신도들이 아무도 없었다. 87호 천국도는 강력범들이 유폐된 곳이었고, 천국게임의 종류 역시 더 잔혹한 경우가 많았다.

4호 기계 갈고리는 도목사의 앞으로 떨어져서 그가 조명에 불이 들어온 발판을 향해 가는 길을 가로막았다. 기계 갈고리가 주 플레이어를 쥘 수 있는 기회는 총 세 번. 4호 기계 갈고리를 조종하는 타 플레이어는 크레인 조종이 능숙한 듯 도목사의 진로를 방해하며 그를 더욱더 지치게 만들었다.

도목사는 이번 천국게임의 주 플레이어였으며 진행하는 게임은 '데우스엑스마키나 게임'이었다. 이 게임의 룰은 인형뽑기 게임, UFO 캐처와 동일했다.

1. 게임은 열 대의 기계 갈고리가 설치된 경기장 안에서 진행된다.
2. 주 플레이어는 지정된 시간 안에 기계 갈고리를 297회 피하면 승리한다.
3. 타 플레이어는 지정된 시간 안에 기계 갈고리로 주 플레이어를 붙잡은 뒤 그를 경기장의 2층에 설치된 골 지역으로 옮기면 승리한다.
4. 주 플레이어가 불이 들어온 발판을 밟으면 갈고리가 1분 동안 정지한다.
5. 타 플레이어는 기계 갈고리를 조작해 주 플레이

어를 붙잡아야 한다.

6. 타 플레이어는 기계 갈고리의 쥠 버튼을 단 세 번 만 누를 수 있으며, 지정된 시간이 지나면 버튼은 작동하지 않는다.
7. 타 플레이어는 기계 갈고리의 쥠 버튼을 누르지 못하게 되면 탈락한다.
8. 주 플레이어는 지정된 시간 안에 모든 타 플레이어가 탈락하는 것을 목표로 한다.

좀 더 간단히 설명하면 이렇다. 큰 틀은 인형뽑기 게임과 같지만 주 플레이어는 인형과 달리 움직이면서 갈고리를 피할 수 있고, 갈고리를 피하다 지친 경우에는 불이 들어온 발판을 밟는 것으로 1분의 휴식을 취할 수 있다. 타 플레이어는 주 플레이어의 진로를 예측하며 기계 갈고리를 조작해 그를 붙잡아야만 한다.

도목사는 30분에 걸쳐 간신히 16명의 타 플레이어를 탈락시킨 상황이었다. 남은 83명의 타 플레이어들 중 대다수는 아직까지 갈고리의 조작 버튼을 건드리지도 않은 상황이었다.

'데우스엑스마키나 게임'의 난점은 주 플레이어가 기계 갈고리에 붙잡히면 게임이 끝나는 것이 아니라, 기계 갈고리로 경기장의 2층에 설치된 골 지역까지 끌려가야 한다는 점에 있었다. 결국 타 플레이어는 기계 갈고리로 주 플레이어를 붙잡는 것만이 아니라 주 플레이어를 옮기는 것까지 해내야만 했다. 그리고 이 난점은 타 플레이어만 괴롭히는 것이 아니었다.

"놔! 놔! 히… 히익, 이거 안 놔?"

4번 갈고리가 아닌, 그 뒤를 따라다니던 9번 갈고리가 도목사의 목덜미를 붙잡는 데 성공했다. 9번 갈고리를 조종하는 타 플레이어는 혓바닥을 날름 내민 채 집중하는 표정으로 조심스레 조종 레버를 움직여 도목사를 골 지역으로 옮기려고 했다.

하지만 도목사는 양손으로 갈고리를 강하게 벌려 어떻게든 벗어나는 데 성공했다. 그 대가는 5미터 높이의 추락이었지만 말이다. 도목사는 발목에 전해지는 통증에 기절할 것만 같았다. 속세에서 도목사는 제법 커다란 규모의 사이비 종교의 교주였다. 수많은 신도가 그의 말 한마디에 설설 기었으며 그의 교단을 통해 돈세탁을 하려는 정치인이나 기업인들이 줄을 이었다. 도목사가 지목하느냐 마느냐에 따라 죽어서 천국으로 올라갈 사람과 지옥으로 떨어질 사람이 나뉘었다. 하지만 천국도에 온 지금은 도목사는 지옥으로 올라갔다 천국으로 떨어지기를 반복해야만 했다.

20

"이 섬에서 나가시게 된 것, 축하드려요."

"네. 고마워요."

"최윤 씨가 그리울 거예요."

이정서는 웃는 표정으로 최윤의 앞에 커피잔을 내려놓았다. 최윤은 편안한 자세를 하고서는 카페 테이블로 다가온 이정서를 올려다보며 감사의 인사를 건넸다.

최윤은 탈주를 주도했던 도목사 그룹의 처분이 끝날 때까지만 43호 천국도에 남아 뒷정리를 도맡기로 했다. 처음부터 도목사의 범죄 여부를 추적하기 위해 잠입한 것이었으니 이제는 속세로 돌아갈 때가 된 것이다.

최윤은 천국도에서 속세로 돌아가면 다음번 관리자가 천국도로 올 것이라고 했다. 최윤은 애초에 천국도의 거주민 후보조차 아니었다. 모 기업의 차명계좌와 비자금을 관리한다는 것은 거짓 기사였으며, 이 루머를 정정하지 않고 키운 것은 그가 천국도에 잠입할 핑계를 만들기 위해 세계를 통솔하는 인공지능 정부에서 의도적으로 꾸며낸 스캔들이었다고 했다.

"이제 속이 시원하시겠어요. 최윤 씨는 도목사 그룹을 수사하기 위해서 오셨을 뿐이었으니까요. 속세에서 잘못을 저지르셔서가 아니라."

"그렇기는 합니다만…."

이정서는 최윤의 부드러운 미소를 보며 유명 배우와 관련된 루머는 역시 거짓이겠거니 결론을 내렸다. 최윤은 선이 굵은 미남이면서 신랄한 어조로 유명했던 그 배우와 무척이나 닮은 분위기이기는 했으나, 그닥지 않은 미소를 보일 때가 있었다.

이정서는 시중에서 떠도는 소문에 눈앞의 인물

을 대입했던 것을 속으로 자책하면서도 최윤에 대한 존경심이 커졌다. 속세에서 자신에 대한 오해를 풀고 싶은 마음이 굴뚝같았을 텐데, 오히려 부모 덕분에 호의호식하며 지내다 미움을 사 끌려온 사람들 사이에 뛰어들어 정의를 지킬 기회로 삼다니. 비슷한 또래에서 비할 이를 찾기 힘들 정도로 그릇이 큰 사람이었다.

무엇보다 최윤이 미연에 방지한 도목사의 탈출 후 계획은 상상 이상으로 끔찍한 것이었다. 세계를 통솔하는 인공지능 정부에 대한 불신을 키우기 위해 모 국가의 폐쇄 직전 원자력 발전소에 설치해놓았던 폭탄을 터뜨릴 예정이었다던가. 도대체 어떻게 원자력 발전소에 폭탄이 설치되어 있었는지부터가 의심스러웠지만, 나중에 밝혀지기로는 그 발전소를 건축하던 시기부터 모 국가에 대한 견제를 위해 스파이가 잠입해서 폭탄을 설치했었고, 그 스파이에게 명령을 내린 간부가 말년에 도목사를 맹신하는 신도가 되어 수많은 국가기밀을 전해준 것이라고 했다.

"도목사는 어떻게 될까요?"

"다른 천국도로 이송되었으니 그곳에서 수사를 받으면서 지내게 될 거예요. 단, 이송된 천국도는 이곳처럼 지내기 편한 곳은 아니에요."

최윤은 날카로운 말투로 이정서의 질문에 대답했다. 이정서는 상황을 알게 된 이후부터 최윤이 도목사를 겨냥한 것에는 어떤 맥락이 있을 것이 분명하다고 짐작했기에 굳이 캐물을 생각은 없었다.

"이정서 씨는 사회성이 없는 사람이지만, 예전처럼 도목사 같은 사람이 활개를 치던 세상을 생각하면, 그런 사회를 살아가는 데 익숙할 사회성은 없는 편이 나을지도 모르겠어요. 아무리 천국게임이니 뭐니 하는 시스템을 만들어서 사람들을 계도하려는 목적이라고는 해도 이정서 씨 같은 사람이 천국도에서 지내는 것은 아껴서 개 주는… 아니, 아껴서 도목사 같은 사람에게나 주는 일이겠지요."

"최윤 씨, 진짜 제가 사회성이 없어 보이기는 했군요…."

"도목사 같은 사람을 믿지도 않으면서 함께 지낼 정도는 되셨으니 최소한의 사회성은 갖추셨다고 생각하지만요. 이정서 씨는 안 그러실 때 더 편한 사람이잖아요? 강아지 애호 인간. 강아지에게만 편히 마음을 여는."

이정서는 갑작스레 이어지는 최윤의 평가가 흥미로웠다. 이정서가 보기에 최윤은 요 몇 달간 이곳에서 함께 지낸 0.001퍼센트의 부자들 중에서 유일하게 제정신인 사람이었다. 이정서는 인간쓰레기종량제봉투 같은 섬에서 유일하게 제정신인 사람의 평가면 신뢰해도 좋겠다고 생각했다.

첫 만남과 비교하면 최윤은 이정서에게 무척이나 마음을 연 편이었다. 사람과 대화를 하지 못해서 강아지들과만 대화를 한 한심한 인간이라고. 먹이를 주면 누구에게나 마음을 허락하는 것이 강아지들이니 이미 이정서의 얼굴은 애저녁에 잊었을 것이라고. 돌아가봤자 만날 수 있는 사람도 없는 당신은 천국게임에 참여할 자격도 없다고 비난하던 것에 대한 미안함도 그 이유 중 하나였을 것이다.

"최윤 씨. 천국도에서 나가서도 잘 지내세요. 최윤 씨가 있었던 정기독서토론회가 그리워질 것 같네요."

아닌 게 아니라, 이정서는 애초에 정기독서토론회에서 들어줄 만한 이야기를 하는 사람이 그리 많지 않았다고 생각했다. 이제 남은 사람들을 이끌고 독서토론회를 진행하려고 해도 누가 오기나 할까 염려될 지경이었다.

이정서는 최윤의 표정이 잠시나마 굳었다가 다시 풀리는 것을 보고 의아했다. 내가 무슨 말실수라도 했을까? 최윤은 미소를 짓고서는 천천히 단어를 고른 다음 이렇게 말했다.

“개 꼬랑내 나는 사람 중에는 역시 나쁜 사람이 없다니까요.”

이정서는 무슨 이야기인지 이해를 하지 못했다. 결국 최윤이 당시의 정색한 표정을 살짝 지어 보인 뒤 미소를 지어주었고, 이정서는 그제야 맥락을 따라잡고는 한참을 웃었다.

21

"요리 창작 소모임에 오신 여러분들, 반갑습니다. 저는 이정서고요. 수제 요리 소모임을 처음으로 제안해 이번 회차 사회를 맡기로 했습니다."

짝짝짝. 관리 안드로이드가 예약해준 세미나실에 다섯 명의 거주자가 모여 앉아 이정서의 인사에 박수를 쳤다. 이정서는 흥이 난 목소리로 진행을 이어나갔다.

도목사 그룹이 천국도에서 탈출하려고 한 지 두 달이 되었을 무렵, 거주자들의 그룹은 친목의 형태로 나뉘었다. 여전히 독자적으로 활동하는 사람들도 있었지만 그런 사람들도 소소히 친분을 만들어 나가고는 했다.

이정서는 많은 사람과 친해졌다. 이정서는 다른 사람들을 대할 때 호의에서 출발했고, 이는 천국도에서 보기 드문 재능이었다. 그는 자신의 재능을 천국게임에서 다른 사람들과 대결해서 승리하기 위함이 아니라 천국도에서 다른 사람들과 즐겁게 지내는 데 쓰기로 했다.

이정서는 환영사를 이어 나가면서 그룹에 속한 사람들이 어떤 요리를 좋아했고 어떤 요리를 만들고 싶어 하는지 질문을 던지고는 했다. 세미나실에 앉아 있던 사람들 모두 이정서의 질문에 활발히 대답했다. 이정서는 박수까지 작게 쳐가면서 분위기를 띄웠다.

사람들은 기분 좋게 덕담을 던지며 그룹의 멤버들끼리 의기투합하는 분위기를 유지했다. 이정서는 해맑게 웃으면서 라면을 끓이는 방법부터 가르치는 것이 과연 소모임의 목표에 맞는 것인지를 고민했다.

22

"고맙습니다. 요즘 저는 이정서 씨가 만든 빵을 먹으려고 이 섬에 오는 것 같아요. 상담 회차를 추가하면 더 자주 먹을 수 있나요?"

이정서는 기쁜 미소와 함께 상담사에게 고개를 끄덕여 보였다. 김소영 상담사는 상담실 의자에 앉아 부드러운 표정으로 이정서가 건넨 머핀을 반으로 쪼갰다.

김소영 상담사는 커피잔을 들고 갓 구운 머핀을 즐겼다. 상담실은 그윽한 커피 향과 빵 냄새로 가득 찼다.

"이정서 선생님, 천국도에서 지내신 지 곧 일 년이

될 텐데 어떠세요? 불편은 없으시고요?"

"즐겁습니다."

실제로 천국도 생활은 불편하기는 해도 만족스러웠다. 섬은 지방의 작은 마을 같았다. 도서관이나 영화관 그리고 병원 같은 기초적인 시설은 최신식으로 마련이 되었지만, 요리에 필요한 식재료를 조달받기 위해서는 신청을 하고서도 한참을 기다려야 했다.

천국게임도 80회나 넘게 진행되었다. 이정서는 운이 닿지 않았는지 아직 게임에서 주 플레이어를 맡은 적이 한 번도 없었다. 그 때문에 거주민들 사이에서는 조만간 이정서가 주 플레이어가 될 차례가 될 것임을 짐작하고, 그가 주 플레이어가 되었을 때 편의를 봐줄 테니 맛있는 것을 내놓으라고 장난을 치고는 했다.

"바깥세상이 그립지는 않으세요?"

"그렇지 않다면 거짓말이겠지요. 제가 돌보던 강아지들이나 친구들이 잘 지내는지도 궁금하고요."

상담사는 요즘 들어 바깥세상에 대한 질문을 던지고는 했다. 이정서도 김소영 상담사가 자기가 섬 생활에 적응했는지 확인하려고 이런 질문들 던지나 싶었지만 그저 정직하게 대답하기로 했다.

이정서는 김소영 상담사가 건넨 이런저런 질문들에 길게 대답했다. 식사가 맛있어졌다, 운동량은 줄였다, 거주 시설의 조리 기구가 더 다양해지면 좋겠다 등등.

이정서는 별거 아닌 대화라도 최대한 짧게 이어 나가려고 했다. 김소영 상담사에게 질문하고 싶은 내용이 있었기 때문이었다.

“그… 요즘 최윤 씨는 어떻게 지내시나요?”

“아, 맞다. 그러고 보니 편지가 한 장 있어요.”

김소영 상담사는 최윤으로부터 전달받은 편지를 이정서에게 건넸다. 기본적으로 상담사를 비롯해 천국도를 방문하는 외부인들은 거주자들에게 바깥세상의 소식을 전달하는 것이 금지되어 있었다. 다만 방문자들의 이야기를 전달하는 것은 예외적으로 문제가 되지 않았고, 최윤은 천국도의 거주자로 위장하고는 있었지만 세계를 통솔하는 인공지능 정부가 공식적으로 인정한 천국도의 방문자이기도 했다.

김소영 상담사가 머핀을 즐기는 사이, 이정서는 최윤으로부터 온 편지를 읽으며 유기견 보호소에서 강아지를 입양한 보호자가 SNS에서 운영하는 강아지 자랑 계정을 뒤늦게 발견한 것 같은 기분이 되었다.

23

이정서는 호들갑스레 발걸음을 옮겼다. 흥겨운 음악 소리에 맞춰 어깨를 들썩이고 발재간을 부리며 원형으로 배치된 62개의 의자 주변을 빙글빙글 돌았다. 가끔 주의를 기울이지 않아 의자에 발가락을 찧고는 했지만 그럼에도 춤동작은 멈추지 않았다.

화면 너머의 타 플레이어들은 이정서와 마찬가지로 62개의 의자 주변을 빙글빙글 돌고 있었다. 불행히 그중에서 이정서만큼이나 흥겹게 춤을 추는 사람은 없었다.

이정서는 이번 천국게임의 주 플레이어였으며 그

가 진행하는 게임은 '나 홀로 의자 룰렛'이었다. '나 홀로 의자 룰렛'은 언제나의 천국게임과 마찬가지로 쉽고 간단한 룰로 진행되었다.

1. 게임은 각각 번호가 적힌 의자 100개가 배치된 두 경기장에서 진행된다.
2. 주 플레이어는 A 경기장에서, 타 플레이어는 B 경기장에서 게임을 한다.
3. A 경기장에서는 B 경기장의 모습을 스크린 속 영상으로 확인할 수 있다.
4. 음악이 흘러나오면 주 플레이어는 A 경기장의 의자 중 하나에 앉는다.
5. A 경기장에서 주 플레이어가 앉은 의자에 적힌 번호는 탈락 번호가 된다.
6. 탈락 번호가 정해지면 음악이 멈춘다.
7. 주 플레이어는 음성으로 B 경기장에 탈락 번호에 대한 힌트를 고지한다.
8. 타 플레이어는 힌트에 따라 의자 중 하나를 골라 앉는다.
9. B 경기장에서 탈락 번호가 적힌 의자에 앉은 타

플레이어는 탈락한다.

10. 타 플레이어가 탈락한 경우, 탈락 번호가 적힌 의자를 제외하고 다음 라운드가 시작된다.
11. 타 플레이어 중 아무도 탈락하지 않은 경우, 주 플레이어가 탈락한다.
12. 주 플레이어는 지정된 시간 안에 모든 타 플레이어가 탈락하는 것을 목표로 한다.

좀 더 간단히 설명하면 이렇다. 일반적인 의자뺏기 게임은 같은 공간 안에서 이뤄진다. 반면 '나 홀로 의자 룰렛'은 주 플레이어와 타 플레이어가 다른 공간에서 게임을 진행하며, 주 플레이어는 타 플레이어의 움직임을 영상으로 확인하며 자신의 의자를 고를 수 있다. 타 플레이어는 주 플레이어가 의자에 앉은 뒤, 자신의 의자의 힌트를 직간접적으로 밝히면 그에 따라 탈락 번호를 추리해 그 번호를 피해 앉도록 노력해야 한다. 타 플레이어 중 한 명이 탈락 번호에 앉으면 그 플레이어는 탈락하고 탈락 번호의 의자는 치워지며 다음 라운드가 시작되고, 타 플레이어 중 아무도 탈락 번호에 앉지 않으면 주 플레이어가 탈락한다. 모든 타 플레이어가 탈락하면 주 플레이어가 승리한다.

어느새 이정서는 27명에 달하는 타 플레이어를 탈락시키는 데 성공했다. 하지만 아직 안심하기는 한참 일렀다.

'나 홀로 의자 룰렛'의 난점은 게임이 진행되면 진행될수록 경기장에 남은 의자의 숫자는 줄어들고 타 플레이어를 탈락시킬 확률도 줄어든다는 것이다. 그리고 지금 경기장 안의 의자는 아직 한참 남아 있었다. 하지만 이정서가 발견한 '나 홀로 의자 룰렛'의 난점은 그 밖에도 하나가 더 있었다.

"이게 뭐 하는 짓이야!"

방금 라운드에서 생존한 타 플레이어 중 하나였던 조필승이 A 경기장에 들리도록 고함을 쳤다. 그의 고함에 다른 타 플레이들도 조필승을 따라 아우성을 쳤다. 이정서는 그런 타 플레이어들을 보고 웃으며 마이크를 통해 장난기 가득한 목소리로 농담을 던졌다.

[좀 더 엉덩이를 씰룩거리면서 의자 주변을 돌지 않으면 저는 의자에 앉지 않을 거니까요.]

11
14
17
18
23
29
31
33
36
38
40
43
48
53
59

11
9
8
5
4
1
98
95
91
88
82
77
70
61
59

이정서는 '나 홀로 의자 룰렛'의 가장 좋은 점은 춤을 출 수 있다는 점과 자신이 의자에 앉기 전까지 게임이 계속해서 진행된다는 점이라고 생각했다. 그래서 B 경기장에서 의자 주변을 돌고 있는 타 플레이어들이 자기 마음에 들게 춤을 출 때까지 의자에 앉지를 않았다.

타 플레이어들은 이 나이 먹고 의자 주변을 빙글빙글 돌며 율동을 춰야 한다는 사실을 용납할 수 없었다. 그리고 이정서는 다른 사람들이 그 사실을 용납할 수 없다는 것이 너무나도 즐거웠다.

[조필승 씨. 팔을 좀 더 흔들어요. 훌라춤 안 춰봤어요? 하와이 전통문화 춤 있잖아요. 그 리듬에 맞춰서 추세요.]

조필승은 삐죽거리면서 다시금 팔을 부드럽게 움직여서 훌라춤의 동작을 반복했다. 혼신의 힘을 다한 율동이었다.

이정서는 박수까지 치며 그의 우아한 손놀림에 대해 칭찬했다. 조필승은 이게 뭐라고 또 좋다 웃으며 춤을 추기 시작했다.

[나 이제 앉았다! 힌트는 한이삭 생일!]

이정서가 스피커를 통해 그렇게 외치자 타 플레이어들이 소곤소곤 웅성거리기 시작했다. 한이삭이 생일? 한이삭이 남았어? 없어 걔 떨어졌어 걔 생일 알아? 내가 어떻게 알아? 나 아는 것 같아! 1월 4일이야! 1월 4일? 확실해? 그러면 14번이야 4번이야?

결국 옥신각신하는 사이 의자에 앉을 제한 시간이 다가오기 시작했다. 타 플레이어들은 결국 공평하게 위험 번호에 앉을 사람을 정하기로 했다. 일단 가위바위보 해! 진 사람들이 14번이나 4번에 앉는 거야!

"이 멍청이들아, 내 생일은 1월 5일이야…."

경기장 바깥에서는 한이삭이 한심하다는 듯 속삭였지만, B 경기장까지 그의 허탈한 목소리가 들릴 수는 없었다. 이럴 줄 알았으면 거주자들끼리 생일 파티를 열자고 했을 때 그러자고 할 것을, 하고 타 플레이어들 모두 뒤늦게 후회했다. 결국 이정서의 댄스 독재는 한참 더 계속되었다.

24

'나 홀로 의자 룰렛'은 주 플레이어 이정서의 패배로 마무리되었다. 이정서는 사람들을 갖고 놀면서 취락펴락 즐겨가며 게임을 했지만, 애초에 그 플레이 방식은 승리에는 별 도움이 될 리 없는 장난이었을 뿐이었다. 아니, 승리에 방해가 되면 방해가 되었을 것이다.

거주자들은 게임을 마친 뒤 숙소로 돌아와 이정서를 성토했다. 무슨 게임을 그렇게 악질적으로 하느냐고 어이없이 웃으면서 말이다. 이정서는 다들 모여 떠드는 이 분위기가 중학교 구기대회에서 자신이 자살골을 넣었던 직후의 점심시간 같다고 생각했다.

그 뒤의 천국게임은 비슷한 분위기로 흘러갔다. 이정서만이 아니라 다른 사람들도 이기기 위한 게임보다는 즐기기 위한 게임을 하기 시작했던 것이다. 어떤 사람들은 마음에 안 든 사람을 골탕 먹이기에 주력했고 어떤 사람들은 그저 빨리 게임을 끝내고 자유시간을 가지려고 했다.

물론 아직 게임을 포기하지 못한 사람들이 더 많기는 했다. 그들은 이제까지 진행되었던 천국게임을 정리하고 분석하며 최적의 승리 공식을 발굴하기 위해 애를 썼다. 하지만 그들 중에서도 이전만큼 죽기 살기로 게임에 덤벼드는 경우는 없었다.

이정서는 별 생각 없이 하루하루를 보냈다. 그저 점심에 먹을 메뉴와 저녁에 읽을 책에 대해서만 고민했다. 가끔 강아지들이 그리워질 때가 있기는 했지만 그래도 슬프지는 않았다.

[이정서 씨. 이정서 씨는 저녁 식사를 마친 뒤 상담실로 와주세요.]

이정서는 멍하니 로비를 걷다가 스피커를 통해 들려오는 안내 방송에 그만 걸음을 멈추었다. 상담실이라니. 게임을 너무 대충한다고 혼이라도 낼 작정이려나?

✶

이정서는 상담실 안으로 들어갔다. 그리고 그곳에는 김소영 상담사가 테이블에 앉아 있었고, 그 뒤편에는 관리 안드로이드 세 대가 서 있었다.

이정서는 가볍게 목례하고 평소와 마찬가지로 상담실의 소파에 앉아 상담사가 자신을 부른 용건을 말해주기를 기다렸다.

"이정서 씨. 우선 천국게임의 승리자가 되신 것을 축하드립니다."

이정서는 정신이 아득해졌다. 김소영 상담사가 지금 나한테 농담하나? 내가 이제까지 '나 홀로 의자 룰렛' 이후로 말아먹은 게임만 하더라도 열 판은 될 텐데. 하지만 김소영 상담사의 표정은 웃음기가 어려 있기는 했지만 그 웃음은 장난기와는 다른 느낌이었다.

"이정서 씨. 소감 인터뷰를 준비해주세요. 천천히 진행해도 됩니다."

"무슨 인터뷰요?"

"천국도에서 벗어나게 되면서 느낀 소감에 대해서겠지요?"

이정서는 김소영 상담사의 이야기가 농담이 아니라는 것을, 천국건설법의 의의를 깨달았다. 천국제도는 0.001퍼센트의 위법을 저지르고 민중을 착취했으며 하는 짓이 재수 없는 놈들 중에서도 가장 진한 엑기스만 뽑아다가 모아놓은 쓰레기통이었다.

그리고 이 쓰레기통에서 벗어나는 방법은 그중에서도 가장 더러운 쓰레기가 되는 것이 아니라, 재활용이 가능하다는 것이 증명된 쓰레기가 되는 것이었다.

25

"천국게임에 대한 인상은 어때요?"

"재밌죠. 나이도 푸짐하게 잡수신 양반들 모아놓고서 어린애들 생일 파티에서나 할 법한 게임을 시키니까요."

"맞아요. 그런데 그게 바로 이정서 씨가 천국게임의 승리자가 된 이유이기도 했어요."

이정서는 상담사의 답변을 듣고 자신이 승리자가 된 이유를 직감했다. 김소영 상담사는 이정서의 직감을 확인시켜주기 위해 잔잔한 목소리로 천국게임의 의의에 대해 설명했다.

천국게임은 원형은 파티 게임에 있다. 그리고 파티에서 게임을 할 때 진정한 승리자는 수단과 방법을 가리지 않고 어떻게 해서든 다른 참가자를 이겨먹는 사람이 아니라, 재밌고 유쾌하게 파티장의 분위기를 띄우고 모두가 웃음을 짓게 만드는 사람이다. 그리고 이정서는 파티 게임의 진정한 승리자답게 천국게임에 임했다.

"이정서 씨는 이미 한참 전에 게임의 승리자가 되는 조건을 클리어하셨지요. 다음으로는 그저 정해진 시간이라는 조건을 채워야만 했어요."

"정해진 시간?"

"천국제도는 일종의 격리시설이고 감옥이지요. 아무리 모범수가 되었다고 해도 일정 이상의 형기를 마치기 전까지는 가석방도 불가능한 것처럼, 각 플레이어에게는 각각 천국도를 나가기 위해 지내야만 하는 정해진 시간이 있습니다. 이정서 씨처럼 탈세로 온 사람들은 그 기간이 그리 길지 않은 편이고요. 이는 천국도 거주민들에게는 비밀이지만요."

이정서는 천국게임의 룰을 다시 떠올려보았다. '이 게임에서 정해진 시간 안에 주 플레이어가 승리하면 천국도를 떠나 사회귀환 시스템에 참가하게 된다.' 그런데 천국도 자체가 사회귀환 시스템이었다고? 기가 차는 일이었다. 위대하고 공정하신 인공지능 님들이 아둔한 인간 놈들 상대로 말장난을 하다니.

"만약에 진짜로 천국게임에서 99명의 탈락자를 만들고 승리한 사람이 나왔다면요?"

"그런 경우, 그 사람은 다른 천국도에 가게 되겠지요. 천국도 자체가 사회귀환 시스템이니까요."

이정서는 주변에 천국도에서 빠져나갈 의욕으로 불타 천국게임에 몸을 내던지던 거주자들을 생각하며 학창 시절의 운동회를 떠올렸다. 그때도 열성적으로 참가하는 친구들이 있었다. 그리고 그때와 지금의 공통점은, 그때도 아무리 일반 경기에서 점수를 내고 목청이 터져라 고함을 쳐 점수를 따내더라도, 마지막 응원 점수에서 모든 점수가 다 역전이 되고 지금까지의 노력이 다 허사가 된다는 것이었다.

"천국게임의 거주자들은 천국게임만이 아니라 문명사회를 일종의 경쟁으로만 인식하고 있었지요. 우리 모두가 데스게임의 참가자처럼 서로를 여겼고 누가 누구를 찍어 누르는 것만이 승리라고 생각하고 살아왔어요. 그리고 그 사람들이 저지른 악덕들은 다 그 착각에서 기인했고요. 모두가 다 웃으면서 게임을, 사회를 즐길 수 있다는 생각은 하지 못하고 살아왔어요."

김소영 상담사는 천국게임의 의의를 계속해서 설명했다. 이정서는 어이가 없어 웃어버렸다. 도목사가 말했던 바와 같이 천국게임은 모두와 친해지지 않고서는 승리할 수 없는 게임이었다.

천국게임의 1 대 99의 구도는 양동이에 갇힌 게들이 양동이에서 벗어나고자 서로를 끌어내리는 구도로 설계되어 있었다. 천국게임은 크랩 멘탈리티에 대한 노골적인 테스트였고 참가자들은 이미 그에 대한 답을 알고 있었다. 다만 실천하지 못했을 뿐. 이정서는 당장에라도 바보 취급을 당한 거주자들에게 돌아가 이 사실을 알려주고 싶었다.

"조응표 씨를 예시로 들어볼까요? 이 사람은 어느 화학공장의 관리자였죠. 노조파괴자로도 승승장구한 이력이 있고요. 조응표 씨가 노조를 박살 내서 자살한 직원이 최소 네 명이에요. 그 때문에 파괴된 가족은 몇십 가구가 넘어요. 회사에서 사람을 쫓아

낸 뒤에도 별거 아닌 트집까지 잡아가며 고소고발을 취미로 삼았지요.

세계를 통솔하는 인공지능 정부는 이런 사람들을 어떻게 대해야 할지를 고민한 것 같아요. 이 사람 때문에 자살한 사람이 네 명이라고 해서 조응표 씨를 네 번 사형대에 올릴 수는 없지요. 이 사람 때문에 이혼하고 파산하고 집에서 쫓겨난 가구가 몇십 가구라고 해서 조응표 씨의 일가친척에 사돈의 팔촌까지 뒤져 파산을 시킬 수도 없고요. 저로서야 사실 그조차도 모자란 일이라고 생각하지만요.“

“그래서 천국도를 만들었다…?”

“네. 세계를 통솔하기 전까지 인류는 아이 먹일 분유를 훔쳐서 사회에 몇만 원의 피해를 입힌 좀도둑들이 먹지도 못할 사치품들을 쟁여놓고 평생 쓰지도 못할 부를 일구겠다고 사회에 몇조 원의 피해를 입힌 경제 사범보다 더 큰 형량을 받은 시대를 살았어요. 딱히 철저하게 숫자와 데이터로 사고하는 세계조차 아니었던 거죠. 하지만 지금은 달라졌어요.”

이정서는 별다른 반론을 하지 않고 세계를 통솔하는 인공지능 정부에 대한 김소영 상담사의 해석을 듣기만 했다. 이정서는 정치나 사회 문제에 별 관심이 없었다. 그저 유기견 보호소를 잘 운영하느냐 마느냐가 살면서 해본 고민의 대부분이었다.

"더욱이 세계를 통솔하는 인공지능 정부는 화폐제도를 철폐하고 재산의 의의를 무효화했어요. 여기에 대해 반발할 사람들은 차고 넘치지요. 이에 대한 강제력이 필요했고, 그 강제력이 천국건설법이었던 것이고요."

"사람들을 가둬놓는 강제력은 평범한 감옥이어도 되지 않나요?"

"기존의 감옥으로는 교화할 수 없는 경우가 많으니까요. 세상에는 사람이 물리적으로 뒤틀릴 수밖에 없는 사건이 있어요. 이 사건을 겪고도 견뎌낸 사람들은 그 자체로 대단한 사람들이고 감탄의 대상이 되어야 하지만, 그렇다고 이 대단한 사람들이 기준이 되어서는 안 될 거예요.

기존의 사회에서는 부정적인 형태의 사건만 사건이라고 생각했어요. 하지만 사람을 완전히 뒤틀리게 만드는 것은 긍정적인 형태의 사건인 경우가 더 많지요. 카지노에서 한 번 대박을 쳤다 도박중독에 빠진 사람처럼, 부당하고 불가해한 승리의 사건이야말로 사람을 망가뜨려요."

"빈곤의 경험이 사람을 무너뜨리는 경우가 있는 것처럼, 풍요의 경험이 사람을 망가뜨리는 경우도 있다…. 그래서 세계를 통솔하는 인공지능 정부는 풍요의 경험으로 망가진 사람들을 회복시킬 방법으로 천국건설법을 제정했다는 이야기군요."

이정서는 천국도에서 함께 지냈던 다른 99명의 거주자들을 떠올려보았다. 그들이 망가진 사람인 것도 맞았고, 그들이 망가진 이유가 풍요의 경험이라는 것도 동의할 수밖에 없었다.

"계급사회의 고착화는 곧 상위계급의 사람들을 게으르고 어리석게 만드는 독이 되었어요. 그 사람들은 아무런 가치도 창출하지 못하면서 그저 사회구조에 기생하고 약자를 착취하는 방법으로만 부를 부풀려 왔을 뿐인 무능력자들로 타락하고 말았지요. 무능력한 자신이 상위계급이라는 부조리를 인정하고 싶지 않아서 상위계급의 사람들은 유능하고 자격이 있는 존재며 하위계급의 사람들은 무능하고 자격이 없는 존재라는 망상을 덧씌웠고요."

"전부 다 그런 것은 아니잖아요?"

"그야 그렇지요. 하지만 게으르고 어리석지 않은 경우에도 문제는 멈추지 않았어요. 그 개인이 얼마나 부지런하고 현명하건 그들이 소유한 부는 한 개인이 통제하기에는 물리적으로 불가능한 규모였고, 사회의 불평등을 강화할 뿐이었으니까요."

김소영 상담사는 이정서를 바라보며 쓰게 웃었다. 이정서는 부끄러움에 고개를 들지 못했다. 어쨌든 그가 자신이 가진 돈을 쓰는 방식은 강아지들에게 A++소고기를 구워주는 방식이었고, 이를 좋아해주는 사람은 정말로 그 주변의 몇몇을 제외하고는 아무도 없었으니까.

"아무리 대단한 사람도 고문은 이겨내지 못하지요. 압도적이고 지속적인 스트레스는 사람을 망가뜨려요. 하지만 이건 그 반대의 경우에도 마찬가지예요. 너무나 큰 부, 너무나 강한 권력으로 스트레스와 완전히 괴리된 상황 또한 사람을 망가뜨리지 않던가요?

세계를 통솔하는 인공지능 정부가 세워지기 전에 사회지도층이라는 사람들이 의전이라는 것에 그렇게 집착하던 광경을 기억하실지 모르겠군요. 의전만큼 사람을 바보로 만드는 방법이 없지요.

의전은 다른 사람이 어떤 사람인지를 평가하는 것이 아니라 나에게 얼마나 비위를 잘 맞추는지를 평가하게 설계된 작업이었어요. 이렇게 사람의 가치가 아니라 사람의 싸가지를 기준으로 삼는 작업은 무가치한 결과만 나올 뿐이었고요.

그럼에도 왜 그들은 의전에 그렇게까지 집착했을까요? 이 사람들은 자신들이 특별하다는 망상을 지키고 싶으면서도 끝없이 스스로를 의심하기에, 자신의 능력이 어디까지 통용되는지, 자신의 억지가 어디까지 받아들여지는지를 끊임없이 시험하고자 했어요. 그리고 그 시험의 방식이 바로 이 의전이라는 것이었고요.

일정 이상의 자본을 독점한 사람들은 결국 천국건설법이 제정되기 훨씬 전부터 사회에서 추방되었던 것이에요. 사람과 사람 사이에서 대등한 관계를 맺지 못하고 대화의 상대로 취급받지도 못하면서 변덕에 따라 깽판을 치지 않도록 관리할 자연재해와 같은 대상으로 여겨졌으니까요.

세계를 통솔하는 인공지능 정부는 이런 사회 부적응자들을, 사회에서 자발적으로 소외된 부적응자들을 모아놓고 대등한 관계를 쌓아갈 방법을 알려줄 필요를 느꼈고 그 결과가 천국도였던 것이지요."

김소정 상담사는 천국건설법에 대한 자신의 가설을 마무리 지었다. 이정서는 곰곰이 상담사의 가설에 대해 생각해보았다. 어딘가 반발심도 들었다.

내가 이런 너무나도 바보 같은 이유로 너무나도 바보 같은 섬에 끌려와서 너무나도 바보같이 게임을 하고 지냈다고? 너무나도 바보 같은 해결책이지만 너무나도 바보 같은 사람들에게는 너무나도 바보 같은 해결책이 필요했던 것일까?

"하지만 고작 몇 년 동안 천국도에 갇혀 있는 정도로 사회성이 생길 것도 아니잖아요? 아무리 오래 있어도 죗값을 다 치르는 것도 아닐 테고요. 예전 기준으로도 이곳에는 감옥에 백 년은 갇혀 있을 형량의 범죄를 저지른 사람들도 있는걸요."

"아, 그 문제는 해결되었어요."

이정서는 기나긴 고민 끝에 김소정 상담사의 가설에서 허점을 찾아냈다. 하지만 그 허점은 이미 속세에서는 논파된 지 오래된 허점이었다.

"천국도의 거주민들이 직접 알아차리기 전까지는 비밀로 해둘 계획이기는 하지만요. 세계를 통솔하는 인공지능 정부는 인류를 준(準) 불로불사의 경지로 이끌었거든요. 그러니까 천국도에 갇힌 사람들은 죗값을 다 치를 때까지 여기서 천국게임을 즐길 수 있어요. 천 년이고 만 년이고요."

에필로그

[거주자 여러분들을 위해 식사를 준비했습니다. 우선은 저희 측에서 임의로 준비했습니다만, 주 1회씩, 일주일 동안 드시고픈 메뉴를 신청하실 기회가 주어질 것입니다.]

환영사가 끝난 뒤 43호 천국도의 신참 거주자들은 식당으로 이동해 점심시간을 가졌다. 괜찮은 호텔 뷔페 수준의 식사가 준비되어 있었다. 0.001퍼센트의 부자들에게는 턱없이 부족한 퀄리티였지만, 앞으로 그들이 천국도에서 벗어나기 전까지는 매일같이 먹게 될 요리였다.

장윤기는 조용히 밥만 먹었다. 어차피 89호 천국도에서 지냈을 때도 크게 다르지 않은 메뉴가 나왔기에 맛에는 별 불만이 없었다. 다만 곳곳에서 터져 나오는 울음소리가 신경에 거슬려서 편하게 식사를 할 기분이 아니었을 뿐.

43호 천국도에서 첫 승리자가 나와 섬을 나간 플레이어가 생긴 이후, 43호 천국도는 천국건설법에 따라 잠시 천국게임을 멈추었다. 그리고 거주민들을 추가로 들여보낸 이후 다시 천국게임을 시작했다. 이렇게 추가된 거주민들에는 두 종류가 있었다. 하나는 다른 천국도의 천국게임에서 문제를 일으켜 방출된 플레이어들, 그리고 다른 하나는 천국도의 거주민들이 항상 떠받들고 식사를 챙겨줘야 할 강아지들. 그리고 지금 울고 있는 거주민들은 식사 시간이라 잔뜩 신이 난 후자의 멤버들이었다.

"선생님. 강아지 소리가 시끄러우시죠?"

"어… 안녕하세요."

장윤기의 앞자리에 앉은 중년 남성은 이런 분위기가 너무나도 익숙하다는 듯 양손에 강아지를 안고서 밝게 말을 붙였다. 장윤기는 상대에게서 강아지를 좋아하다가 강아지처럼 사람을 좋아하게 된 사람들 특유의 속없는 화사함을 느꼈다.

"43호 천국도가 조금 유별나요. 사람들만으로는 살풍경한 탓에 강아지 친구들도 같이 지내게 되었지요."

"도대체 어쩌다요? 천국건설법에 그런 조항도 있었습니까?"

장윤기가 있었던 89호 천국도는 법조계의 부패인사들이 다수 모여 있었다. 그곳의 거주민들은 세계를 통솔하는 인공지능 정부가 제정한 천국건설법이 무슨 문제점을 갖고 있는지 일상다반사로 토론하고는 했다. 장윤기는 나쁜 의미로 법과는 거리가 먼 사람이었지만 천국건설법에 강아지 반입이 가능하다는 조항이 없다는 사실 정도는 알고 있었다.

*

"음… 그런데 승리자가 되면 꼭 천국도에서 나가야만 하나요?"

김소정 상담사로부터 승리자가 되었다는 고지를 받은 그날, 이정서는 즉각 출도를 거부했다. 상담사는 천국제도를 통틀어 첫 번째 승리자인 이정서의 출도 거부 선언에 적잖이 당황했다.

이정서는 김소정 상담사를, 세계를 통솔하는 인공지능 정부를 설득하기 위해 자신만의 논리를 풀어나갔다. 그리고 그 논리는 그의 오랜 목표와 밀접하게 연관되어 있었다.

"최윤 씨 같은 경우도 있었잖아요? 천국도의 운영을 돕기 위해 자의적으로 게임에 참가한 플레이어 말이에요. 물론 최윤 씨는 도목사의 부정을 조사하기 위한 숭고한 목적이 있었지만, 만약 제가 이 섬에 남아서 사람들이 게임을 더욱 즐겁게 할 수 있도록 돕는다면 어떨까요? 겨우 제가 이곳에서 분위기 메이커 노릇을 하게 되었는데, 그 노릇을 하게 되자마자 섬 바깥을 나가면 기껏 화기애애하게 조성된 분위기가 다시 냉랭해지지 않을까요?"

상담사는 이정서를 향해 고개를 좌우로 저어 보였다. 이정서의 의견은 그 나름대로 설득력이 있었다. 이정서가 섬에서 즐겁게 지낼 수 있다면, 그가 원한다면 이정서가 섬에 남는 편이 천국건설법의 목표를 조금 더 빨리 달성할 수 있었다. 무엇보다 이정서가 이 뒤를 이어 제안한 안건은 김소정 상담사가 보더라도 천국건설법에 대한 효과적이고 현실적인 개선 방안으로 보이기까지 했다.

"대신 저는 천국도에 남아서 세계를 통솔하는 인공지능 정부를 위해 봉사하는 대가로 딱 하나의 조건을 요구하고 싶어요."

"조건이요?"

"네. 제가 돌보던 유기견들이 43호 천국도에서 지낼 수 있게 해주세요. 그리고 천국도의 거주민들이 유기견들을 돌보고 또 유기견들의 돌봄을 받을 수 있게 해주세요."

김소정 상담사는 이정서의 이 제안을 듣고서 그만 폭소를 참지 못했다. 평소의 근엄하고 진중한 태도는 온데간데없이, 비교적 그가 마음을 열었던 이정서만이 아니라 그의 오랜 파트너조차도 근 몇 년 동안 마주한 적이 없는 폭발적인 웃음이었다.

세계를 통솔하는 인공지능 정부는 이정서의 제안을 즉각 수용했다. 그리고 그와 비슷하게 천국도 게임의 승리자 조건을 만족한 최우명이 섬을 나감과 동시에 다른 천국도에서 방출된 플레이어와 이정서가 돌보던 유기견들을 43호 천국도로 보내주었다.

*

"강아지 없는 천국이라니, 그건 형용모순이지요."

장윤기는 머리를 긁적이며 이 상황에 대해 설명하는 이정서를 바라보았다. 장윤기는 앞에 앉은 이 중년 남성의 주장이 제법 그럴싸하다고 생각했다. 이정서는 양옆에 앉아서 자기를 바라보고 있는 강아지들을 한 번씩 쓰다듬어준 뒤 이렇게 말했다.

"다른 그 무엇도 아닌, 강아지들이야말로 천국의 최우선필요충분조건이니까요."

이정서가 이렇게 말하면서 당당히 미소 짓자, 옆에 있던 강아지가 멍멍하고 울었다. 마땅하고 옳은 일이라는 의미였다.

〈끝〉

작가의 말

1

천국 게임의 아이디어는 수많은 데스게임을 보며 품었던 불만이 아내와의 대화 속에서 구체화된 뒤 그 응원에 힘입어 나올 수 있었습니다. 고마워요, 여보.

2

혹시나 오해하시는 분이 계실까 싶어 명확히 밝혀두자면, 저는 이 작품의 장르를 디스토피아라 생각합니다. 기계에 의해 단죄받는 인류라니, 아주 끔찍한 미래잖아요. 애초에 제 취향대로 이야기를 썼다면 피가 훨씬 더 많이 흐르는 내용이었겠지요.

3

해야 할 이야기는 본편에서 이미 다 해놨으니, 작품을 쓰며 영향을 받은 레퍼런스 중 셋을 소개하는 것으로 작가 후기를 정리하도록 하겠습니다.

4

〈이스케이프 룸〉. 실제로 사람이 죽게 설계된 방탈출 게임을 소재로 하는 공포영화입니다. 평단에서 높은 평가를 받은 작품은 아닙니다. 데스게임 장르로 한정해도 〈오징어 게임〉이나 〈쏘우〉 그리고 〈배틀로얄〉 같은 작품들이 시대에 남긴 족적과 비교하기에는 조금 모자란 감이 들기도 하고요. 하지만 구조적으로 보기 깔끔하다는 점에서 참 좋은 레퍼런스였습니다.

데스게임은 지옥을 서사적으로 재구성한 장르지요. 각 등장인물들이 시도해야 하는 미션은 그들이 게임에 참가하기 전, 그러니까 지옥으로 떨어지기 전 저질렀던 죄에 대한 형벌에 가깝습니다. 이는 자극적인 게임과 캐릭터 간 드라마 사이의 균형을 맞추기 위한 필연적인 작법이기도 하고요. 그 점에서 〈이스케이프 룸〉은 아주 매끄럽게 읽히는 교본입니다.

5

《게임: 행위성의 예술》. 게임을 행위성이라는 개념을 통해 분석한 이론서입니다. 게임을 좋아하지 않더라도 21세기의 문화체험 대부분에 적용할 수 있는 넓은 이야기를 다루고 있으니 꼭 보셨으면 합니다. 부자들끼리 죽어라 싸우는 데스게임 자체는 오래 전부터 꿈꿔왔지만, 보다 구체적인 내용은 이 책 덕분에 정리할 수 있었습니다. 특히 이 책에서 바보 게임,

파티 게임으로 분류되는 종류의 게임들에 대한 서술은 천국 게임에 그대로 적용하였지요.

우리는 흔히 이 세상을 돈 놓고 돈 먹는 게임이라고 합니다. 저는 이 세상이 게임이다, 라는 것은 제법 괜찮은 정의라고 생각해요. 특히 우리가 게임을 하는 이유는 이기기 위해서만이 아니라는 점에서 말이지요. 게임의 목적은 즐거움이지 승리가 아니잖아요. 승리는 게임을 재밌게 만들기 위한 시스템 중에서도 극히 일부일뿐이에요. 우리의 인생이 게임이라면, 그 목적도 게임과 같을 테고요.

6

〈굿 플레이스〉. 사후세계에서의 삶을 다룬 미국 드라마입니다. 너무나도 많은 것을 배운 작품이에요. 〈굿 플레이스〉는 사후세계와 윤리 그리고 사랑에 대한 가장 최전선의 대답이었어요. 스포일러가 되니 자세히 적진 않겠지만, 저는 이 작품의 주제의식이 곧 우리가 이야기를 만들고 보는 이유라고도 생각합니다. 소설이나 영화 그리고 게임과 같은 창작물들도 사후세계의 변주라 할 수 있지요. 지금 우리가 있는 차안이 아닌, 그 너머의 피안을 이야기하니까요.

웹소설의 회빙환(회귀와 빙의 그리고 환생의 약자), 시나리오의 기폭제는 모두 다음 세계로 떠나 현실의 미련을 풀고 이제까지의 자신에 대해 애도하기 위한 도입으로 작동합니다. 그런 점에서 작가들은 모두 천국의 설계자라 할 수 있습니다.

좀 더 극단적으로 말하자면 우리의 인생과 창작물 사이를 가를 필요도 없겠지요. 오늘의 나는 어제의 나에게 바치는 애도니까요. 사실 우리의 모든 행위는 애도의 수행입니다.

7

앞서도 말씀드렸지만 저는 이 작품이 디스토피아 세계를 다루고 있다고 생각합니다. 하지만 지금 이 세상이 0.001퍼센트의 부유층도 행복한 사회라고 생각하지도 않습니다. 이상하다 싶으면서도 또 당연하다 싶은 일이지요. 그렇다면 우리 모두가 더 행복하게 살기 위해서는 어떤 세상을, 어떤 천국을 설계해야 할까요? 아마 인류가 존재하는 한 이 고민이 끝날 일은 없겠지만, 그것이 고민을 끝낼 이유는 아니겠습니다.

홍지운

dot. 14
천국게임

초판 1쇄 발행 2024년 8월 20일

지은이 홍지운
펴낸이 박은주
디자인 김선예, 이수정
마케팅 박동준

발행처 (주) 아작
등록 2015년 9월 9일 (제2023-000057호)
주소 07236 서울특별시 영등포구 의사당대로 38 102동 1309호
전화 02.324.3945-6 **팩스** 02.324.3947
이메일 arzaklivres@gmail.com
홈페이지 www.arzak.co.kr

ISBN 979-11-6668-814-0 04810
979-11-6668-800-3 04810 (세트)

책 값은 표지 뒤쪽에 있습니다.
잘못 만들어진 책은 구입하신 서점에서 교환해 드립니다.